我抓鬼的日子

之1 青燈鬼話

君子無醉——著

我抓鬼的日子

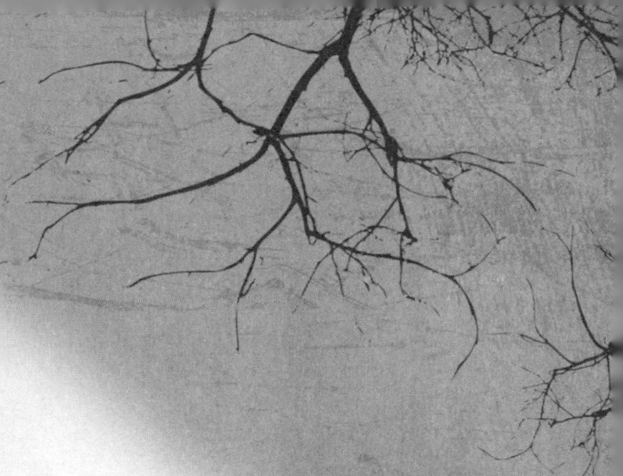

目錄

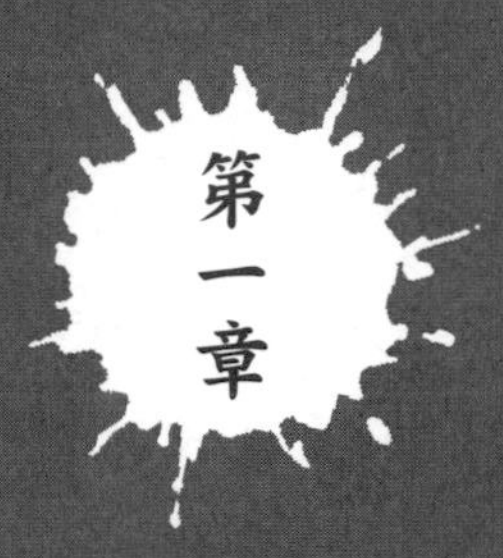

第一章

宿命

從一開始我就覺得這些事是注定的宿命。如果不是宿命，
就無法解釋為什麼這麼多奇怪的事情都發生在我一個人身上。
最先發生，也是我記憶中最早的那件怪事，發生在我六歲那年。

從一開始我就覺得這些事是注定的宿命。如果不是宿命，就無法解釋為什麼這麼多奇怪的事情都發生在我一個人身上。

最先發生，也是我記憶中最早的那件怪事，發生在我六歲那年。

那時我住在農村老家，一個山村裏。

那是一個非常炎熱的夏天，白白的陽光，曬得到處都是一片焦熱。光腳走在路上，能明顯感覺到地面上的滾燙熱度。

那時農村沒什麼玩的，大夏天的，一群小孩子在一起，也就是抓抓知了，偷偷瓜桃李棗，或者去山上的蓄水湖裏洗澡。

當時我們四個小夥伴在一起玩。一個是我，六歲；一個是大黑，七歲，隔壁大嬸家的孩子，長得很粗壯，但是為人很老實，從來不用拳頭欺負人，因此大家都很喜歡和他玩。

我們中只有一個女孩，四歲半，是我妹妹，還不懂事，但是不帶她玩，她就會哭，所以我們玩的時候，她就當個小尾巴跟在後面。

還有一個就是二鴨子，乍一聽名字，還以為是叫「二丫子」的女孩呢，但其實他是男孩，也不知道他爸媽為啥給他起了個這樣的小名。

二鴨子八歲，是我們幾個人裏最大的，也算是我們的領頭老大，一般要玩什麼，都是他說了算。

那天我們四個人又在一起玩，天太熱，大家都出了一身汗。二鴨子就提議去山湖洗澡。我們當然都說好，於是一起蹦蹦跳跳往山湖跑去。

現在我知道，山湖其實是人工的蓄水湖。湖不大，南北只有幾十米寬，北邊是一條長長的水壩，攔住了向下傾瀉的湖水。山湖的東西方向比較長，有幾百米。

那時我們都還小，沒有什麼安全意識，就是知道在山湖裏洗澡很涼快，完全沒有想到其他事情。

到了山湖，大家找了一處淺水，就都脫衣服下去洗澡了。那時思想裏還沒有男女分別，所以我妹妹也脫光了衣服下水去洗澡。

大家一開始練習游泳、打水仗，玩得很開心，後來玩累了，就找了一處樹蔭，把半個身子泡在水裏，靠著岸邊沙地，一溜躺下來聊天。

二鴨子比我們大，會講一些故事，就和我們說起這山湖裏有水鬼，每年水鬼都要換班，所以就要勾魂淹死一個人替他繼續值守崗位才行。

我說你別瞎說，這山湖好好的，哪裡來的水鬼，你淨編瞎話嚇人。他說你不信拉倒，我聽奶奶講的，我騙你幹嘛？

我說，那你有什麼證據？

二鴨子說，我奶奶說，她有一次晚上十二點左右從地裏回家，當時月光皎潔，她看到山湖上有一隻小船在漂，還點著燈，有人在上面撐船，她好奇，就對著湖面喊了一聲，一喊，那隻船就不見了。第二天，山湖裏就淹死了一個人。

我們當時聽二鴨子一說，就感到渾身發涼，忽然覺得身下的水裏會有一雙手伸出來，抓自己的腳脖子把自己拖下去。我妹妹當時就嚇得快哭了，她趕緊爬上岸穿好衣服，喊著要回家。

二鴨子看了哈哈大笑，說小孩子真是膽小，一下子就嚇倒了。我沒有理他，也上岸穿衣服。大黑一看我上岸了，也就跟著準備一起回家。

我們三個人很快穿好衣服，準備往回走，這時我想到二鴨子還沒上來，於是想和他說一聲，讓他一個人在這兒玩，我們先回去了。

這一看不要緊，我當時就呆在那裏了。平靜的湖面，一片清澈的水波，哪裡還有二鴨子的身影？

我這一驚不小，連忙大叫道：「壞了，二鴨子不見了！」

大黑和妹妹聽我一喊，也同時反應過來。

妹妹嚇得哭出聲來，一把死死抱住我的胳膊，哭道：「哥，二鴨哥被水鬼吃了啊！」

大黑沒當回事，冷笑幾聲，順手折了根長樹枝沿著水邊走，一邊走一邊喊道：「二鴨子，你他娘的別嚇人，躲哪邊了，快給我出來！」

大黑知道二鴨子鬼點子多，他認為是二鴨子故意搞怪嚇我們，說著話，拿著樹枝往岸邊的水裏到處亂砸：「出來！快出來！」

大黑喊了半天，一點回音都沒有。我們開始慌了神，知道肯定出事了。

因為岸邊只有一片稀疏的樹林，連高一點兒的草都沒有，無遮無擋，二鴨子不可能在我們眼皮子底下跑掉，他要是跑過去，我們肯定能看到。何況，他就算跑了，也不可能不穿衣服，他下湖之前脫下的衣服都還在樹底下，怎麼人會不見了呢？

剩下唯一的解釋就是——二鴨子溺水了！

當時想到這個結果，我們都慌得大哭大喊起來，想喊大人來幫忙救人。但是山湖離村子有一兩公里遠，大熱天的又很少有人出門，上哪兒找人來救人？

眼看著沒有辦法，我們三個人在岸邊慌成一團的時候，突然岸邊的水面泛起一片水花，一個白花花的人影一下子從水裏衝出來。

不是二鴨子是誰？

「哈哈，你們嚇壞了吧！看我獨門憋氣功厲害不？」出水的二鴨子一邊穿衣服，一邊得勝似的看著已經驚慌失措的我們。

大黑氣得上前就拿樹枝打他：「你他娘的，想嚇死人是不是？」

「哈哈。」二鴨子拎著褲子就跑：「誰叫你們膽小啊，哈哈。」

我當時覺得二鴨子這惡作劇有點過分了，但是既然沒事了，就是萬事大吉，所以就沒有生氣，再加上妹妹嚇得一直哭，我也無心再去追究二鴨子，就哄著妹妹往回走。

大黑追了二鴨子一段路，也不追了，回來和我們一起往回走。

「以後別和他玩了，這人有毛病。」大黑一邊甩著樹枝，一邊和我說話，不時用樹枝在地面上畫圈玩。

我皺皺眉頭，看看大黑手裏的樹枝，問他道：「打到他沒有？」

大黑一甩樹枝說：「打個屁，跑得比猴子還快，沾都沒沾到。」

我又問：「你手裏是什麼樹枝？」

大黑拿起來看一下，撇撇嘴道：「桃樹枝，奶奶的，也沒見那樹上結個桃子。」

我當時就感覺哪裡有些不對。我說，你們有沒有發現，二鴨子從水裏出來之後哪裡有些不對？大黑說，哪裡不對，除了變得有點神經，還有哪裡不對？再說，不神經那還能是他嗎？

我妹妹擦擦眼淚說，鴨子哥臉上有水草。

大黑說看到了，那是在水裏帶上來的，大同，你說的是不是這個？

我搖搖頭說不是，是整體的感覺，感覺二鴨子笑得跟鬼一樣，非常奇怪。

大黑說那太正常了，那傢伙本來就跟鬼一樣，一點都不奇怪。

但是我並不這樣認為，不過也沒有再說什麼，就領著妹妹回家了。

中午了，我要哄她睡覺才行。那時我爸媽白天一般都不在家，不是在地裏幹活，就是出去趕集，所以我一個人在家帶妹妹。

回到家把妹妹哄睡之後，我也有點昏昏欲睡，但是覺得有點餓，就去找吃的。我捲了一塊煎餅，一邊吃一邊在客廳裏四處看，想找點東西玩，猛一抬頭看到牆上掛著的日曆。

我發現今天是農曆七月十五，正是月中，晚上天晴的話，肯定有大好的月亮。那時候我雖然沒有上學，但是平時跟著母親認字，也能看懂日曆了。

當時我就想起二鴨子講的他奶奶看到山湖上有小船的事情，一種強烈的好奇感湧上心頭，我很想去看個究竟。一個計畫在我心裏形成了，晚上十二點我要去山湖那邊看看。

可能大家會說，一個六七歲的孩子，半夜怎麼敢跑出去？不過我要說，那是因為你不瞭解情況。在農村，特別是像我們那個地方，孩子們的成長是很自由的，所以從小膽子都特別大，特別不害怕的就是大自然。

我小時候有一個習慣，就是在月夜去樹林裏散步，看著地上斑駁的樹影，吹著清涼的山風，感到格外安靜和愜意。而且那時我們家就住在樹林裏，所以我更不會害怕樹林。

當然了，不怕的範圍僅限於我家周圍的樹林，我瞭解那片樹林裏的一草一木，閉著眼睛都能走回家。但是真要跑遠了，還是會害怕的，不過我也不是完全沒有辦法。

打定主意之後，我沒有和爸媽說，因為一說，他們肯定會阻止我的。

吃完晚飯，看了一會兒電視，家裏人就都睡覺了。農村裏沒有什麼娛樂，幹活又累，晚上都睡得很早。

但是我不能睡，我還有事情要做。我賴在堂屋裏看電視，一直看到晚上十一點半，看時間差不多了，我就出門了。爸媽白天幹活累，晚上睡得很沉，根本不會發現我出門了。我就這樣輕鬆地跑出了家門。

外面大好的月亮，當空照下，樹林的路面白白的，看得一清二楚，我一點都不害怕，但是為了壯膽，我還是把家裏的大黃狗喚上了。

大黃還以為我半夜帶牠出去玩，樂得伸著舌頭「哼哧哼哧」地在樹林裏亂跑，驚得樹上的鳥亂飛，我都有點兒後悔帶牠出來了，把本來很隱秘的事情搞得聲勢浩大。不知道那隻小船還會不會出來，因為據二鴨子說，那小船是一喊就會消失的。

不過，好在半路上大黃追什麼東西去了，我就一個人悄悄地沿著山路往山湖摸去。

快要到山湖的時候，我在路邊折了一根桃樹枝，攥在手裏辟邪。雖然那時候我很小，但跟在母親和姥爺身邊，耳濡目染的，也已經知道這些辟邪之類的事情了。我媽跟我說過，桃樹枝可以辟邪。

現在去農村還可以看見襁褓裏的小孩子，包袱上都會插一枝桃花或桃枝，那就是為了辟邪，因為孩子火氣弱，容易被髒東西上身。

現在想來，幸好我當時知道這些，預先留了一個心眼，不然的話，我真不敢想像後果會怎樣。

當時月上當頭，遍地樹影，我一手握著桃樹枝，一手攥著衣襟，一腳深一腳淺，跑了半小時，才跑到攔湖大壩下面。

攔湖大壩依山而建，正好攔住兩山之間的山谷，靠水的那面距離水面不到十米，但是不靠水的那邊，從底到頂足足有五六十米高，大壩上都是厚厚的草皮灌木，黑乎乎的一片，那時我不知道這些草木是護堤用的。

我要想攀到大堤上面，只有幾條斜斜的小路可以走，這些小路都是人踩出來的，本來也沒有路。我沒有多想，沿著一條小路就往上爬。

六歲的我，個頭兒不高，走在小路上，完全被兩邊的矮樹叢淹沒，遠看的話，絕對看不到那裏有一個人在走路。同樣，我走在那條斜坡小路上，也完全看不到四周的情況，我一口氣就爬到了大堤上。

到了大堤上就好多了，大堤上是一條足足有五米寬的土路，土路過去還有一條深溝，然後再過一個坡就到山湖邊上了。

站在大堤上的土路上，因為隔著深溝，還無法全覽山湖的湖面，我於是又爬過那道深溝，一直攀到湖邊，站在水泥鋪築的堤壩上方。這樣一來，整個山湖的湖面就一覽無餘了。

月光當空照下，在湖面上有一個明亮的月影，隨水波散開一直延伸到壩的邊緣。湖面一片空曠，根本沒有我要找的小船。

我也是既來之則安之，沉浸在靜謐夜色之中。沒有小船就沒有吧，看看湖光月色，也算沒白來一趟。我喘了口氣，在湖邊坐了下來，很愜意地享受著山風。

坐了一會兒，覺得無聊，我起身準備回家，但是就在這時，不知道哪裡飄來一塊大黑雲，把月光遮擋了起來。緊接著我周圍就暗了下來，原本清涼愜意的山風也忽然變得猛烈起來。

我有些好奇地抬頭看看天，以為要下雨了，心想著要趕緊回家。就在這時，奇怪的事情發生了。一陣隱隱約約的聲音從湖面傳了過來。

我當時就是一驚，一下子趴到堤壩上的草叢裏，緊緊握著手裏的桃樹枝，抬頭向湖面偷看，發現湖面隱隱約約居然有一點燈火在晃動。

我不敢相信自己的眼睛，睜大眼睛細細去看，發現果然是燈火。但是除了燈火之外，就再看不到其他東西了。難道真是二鴨子奶奶看到的那個小船出現了？

我嚇得手心裏汗都出來了，趴在草叢裏一動也不敢動，眼睛死死盯著湖面的燈火。

只見那燈火慢慢地動了起來，開始向岸邊飄來。完了，難道它看到我了？

我再也不敢停留，起身撒腿就跑。我連滾帶爬地爬過深溝，來到大堤上面那條土路上，也不敢再走堤壩另外一邊的斜坡小路，沿著堤壩土路就是一陣狂奔。

跑了沒兩步，我就聽到身後響起了急促的腳步聲。我心裏就想完了，那東西追來了！

想到這裏，我更是不敢回頭看，兩腿用盡全力向前跑。沒跑幾步，突然腳下一滑，一下子狗吃屎地趴到了地上。

我這一跌，後面的腳步聲居然也停了下來。

我趴在那裏嚇得全身都發抖，死死抓著手裏的桃樹枝，把頭埋在兩臂之間，緊緊閉上眼睛。我心說管你是什麼，我就這樣不看不理，看你能把我怎麼樣，有本事你一口把我給吞了，算你厲害。

等了一會兒，我就感覺到，有東西走到我的頭部，哼哧哼哧喘著氣，接著，一條濕答答的舌頭就伸到我的耳朵上舔了起來。

我這時反而鎮定下來，連忙坐起身來一看，舔我的不是大黃還是什麼？

我當時那個氣啊，真想把大黃一腳踢飛出去。但是既然看到大黃，我心裏也就踏實多了，頓時感覺什麼都不怕了。嘿嘿，這世上根本就沒有鬼嘛。

喘了一口氣，我站起身就準備帶著大黃回家，但是突然眼角一閃，一點亮光從側面傳來。

我側眼一看，才發現原本飄蕩在湖面的那點燈火，不知道什麼時候已經飄到堤壩上了，就停留在我剛才趴的那片草叢上。而這時，突然一陣猛烈的風刮了起來，本來就黯淡的天空，烏雲更濃了。

身邊的大黃好像發現了什麼恐怖的東西正在靠近一般，躁動不安地呻吟起來，不停用爪子扒著地。

我一時愣在當場，不知道發生了什麼事情，再去看剛才停在不遠處的那點燈火，才猛然驚醒。

此時，那點燈火周圍又聚集了一堆星星點點的燈火。慢慢的，這些燈火形成了一個人形，遠遠看去，就像一個發光的孩子趴在草叢裏，那姿勢和我剛才一樣。

最讓我恐懼的是，那個小孩居然回頭看著我，慢慢起身，蹣跚著腳步，一步步地向我走來。我的心揪了起來，渾身冒冷汗，每根寒毛都豎了起來。

發光的小孩慢慢向我靠近，我驚得渾身都麻木了，兩腿一點力氣都提不起來，想動卻一點兒都動不了。

眼看著那東西離我越來越近，我屏住了呼吸，眼睛嚇得緊緊閉上了。

就在這時，身邊的大黃「汪」一聲衝了出去。

我一驚，回過神來，張眼一看，發現大黃已經向那個東西撲了過去。我嚇得連叫住大黃都沒有叫得出聲，大黃已經撲到那個東西面前了。

隨著大黃一聲低吼，那個東西瞬間炸散開一片，光點四處亂飛。大黃「咯吱咯吱」地在原地到處嗅著什麼，同時吃著什麼東西。

我看大黃好像沒事，跑過去一看，才發現原來是一群螢火蟲。乖乖，可把我嚇得不輕。

我拍拍大黃的腦袋：「走吧，咱回家。」

「回家？」隨著我的聲音落下，一個微弱的聲音突然從堤壩靠水的一邊傳了過來。

有人？這是我的第一個反應，連忙帶著大黃再次爬到方才的堤壩上，向湖面看去。經過前面兩次自己嚇自己的虛驚，我已經放鬆下來了，完全不信有什麼亂七八糟的東西。

我倒要看看，是誰大半夜的跑到這裏來。

「誰？」我下意識地問道。

沒有回答，但是我卻清楚地看到了一個人影。確切地說，那是一個小孩的身影。他下半身浸在水裏，上半身趴在堤壩邊傾斜的水泥板上。

「是誰？」確定是一個人之後，我又問了一句。

但是那個人依然沒有說話，只是微微抬頭向我看過來。月光黯淡，我看不清他的臉，只是感覺有兩道目光直直地向我望來。

我被他那個樣子嚇得不清，一著急，向下走了一步，拿手裏的桃樹枝敲著水泥板，問他：「你是哪個？在這裏幹什麼？」

那個人看看我，開口說話了。

「我洗澡，晚上太熱了。」說完，他就轉身向湖心游去，拉開淺淺的水紋。

我喘了口氣，在堤壩上坐下來。大黃伸著舌頭，也在我旁邊趴下來，似乎完全沒有看到那個人。

我一看大黃的樣子，頓時覺得不對。大黃半夜看到生人肯定不會這麼安靜，為什麼牠剛才看到那個人沒有反應？我忽然明白過來，連忙去看湖面，哪裡還有剛才那個人的影子？湖面一片寂靜。

我不由得一下子站起身來，驚出一身冷汗，這次再也不敢停留，喚一聲：「大黃，跑！」說完帶著大黃就拼命往回跑。

一口氣跑到家裏，我全身瑟瑟發抖。多虧我體力好，不然這樣一路跑下來，不摔死也累死了。

第二天我醒來的時候，已經是上午八九點了，家裏沒有人，我以為爸媽早就下地幹活去了，也沒有太在意，就揉揉眼睛起身，找東西吃。

但是這時，我爸媽忽然從大門進來了，一邊走一邊說著什麼。我仔細一聽，才明白，原來昨晚山湖裏淹死了一個人。當下不由驚得渾身都木了，半天才反應過來，問道：

「誰淹死了？」

「二鴨子啊，你看好好的孩子，可惜了。」媽媽隨口說道。

我聽完一屁股就坐到了地上。二鴨子居然死了？這怎麼可能？難道他昨天夜裏跑去游泳了？

媽媽看到我的樣子，還以為我是因為失去小夥伴而傷心，解釋道：

「好像是昨晚自己跑去游泳死的，衣服還脫在岸邊呢。早上找到的時候已經死了，游到水草裏了，被水草纏住了。」

水草？我聽了又是一驚。因為我想起了昨天洗完澡回家的時候，妹妹說的話，那時候，她說二鴨子的臉上有水草。現在二鴨子就是死在水草堆裏，這之間是不是有什麼聯繫？

想到這裏，我有些毛骨悚然了。我有些後悔，沒能在看出了二鴨子的怪異情況時，第一時間去告訴他的父母，阻止他再次回到湖裏去。

從那時起，我就總是覺得，二鴨子的死或多或少和我有一些關係。

我懷著很沉重的心情去了二鴨子的家，想最後再看看二鴨子，但是他的父母卻一邊大哭著，一邊讓我不要去看，說是小孩子不能看。我的父母也極力阻止我，但是我卻一點兒也聽不進他們的話，就是想繞過他們，進去看看二鴨子。

那時候我也不知道自己是怎麼了，當我看著停放二鴨子屍體的小草房時，總是覺得能夠看到隱隱約約的模糊影子。我不能確定那是什麼東西，但是我可以肯定，那個東西讓我很不舒服，我覺得它會傷害已經死去的二鴨子。

二鴨子雖然死了，但畢竟他是我的小夥伴，所以我覺得我有義務為他做點什麼。所以，我掙脫了大人們的阻撓，直衝衝地衝進了二鴨子的房間。

房間是農村裏那種低矮的小茅屋，裏面點著一根昏黃的蠟燭。房間中央鋪了一張涼席，身體已經變硬發青的二鴨子，就那樣腳朝外、頭朝裏地躺在涼席上。

我在衝進房間的過程中明確感覺到，那團模糊的黑色東西如同觸手一般猛然縮回了屋裏，藏到了二鴨子的體內。

「二鴨子！」

我站在門口望著裏面躺著的二鴨子，大喊了一聲，不知道該說些什麼。就在這時，一股冰寒的涼意襲上了我的心頭，因為我清清楚楚地看到，已經死去了的二鴨子，此時居然咧嘴笑著，猛然坐了起來，兩隻血紅的眼睛死死地盯著我。

「啊！」我下意識地猛然一聲驚呼，嚇得一屁股坐到地上，頓時覺得天旋地轉，全身冰冷，一顆心完全糾結在一起，覺得連氣都喘不過來了。

我只感到二鴨子無比猙獰的臉孔在自己面前越來越大，而他如同枯枝一般的雙手也越來越近地要掐到我的脖子上。

就在我拼命掙扎，想要掙脫二鴨子的手臂時，突然感到眼前一黑。

有人用手捂住了我的眼睛，接著，我就聽到母親在我耳邊大喊道：

「大同，你在做什麼？」

然後，捂住我眼睛的手掌拿開了，這時我看到自己的樣子，不由嚇得渾身都起了一層雞皮疙瘩。

不知道什麼時候，我居然自己爬到了二鴨子身上，拿起他的手臂來掐自己的脖子。我完全傻了，不知道到底發生了什麼事情。

二鴨子的父母嚇得都忘記哭了。倒是母親很有經驗的樣子，二話不說，把我抱起來就往外走。二鴨子的父母問她怎麼了，她也不說話，只是悶頭往外走。

我趴在母親的肩膀上，還在為剛才的情況感到疑惑。就在這時，我看到母親的旁邊不知道什麼時候多了一個人。

這是個女人，長長的黑髮濕漉漉地披在臉上，身上穿著一身大紅色的衣服，臉皮白得嚇人，眼睛正盯著我。

我不禁疑惑地向母親問道：

「媽，那個人是誰啊？怎麼沒見過？」

母親聽到我的話，臉色大變，猛然回頭去看我手指的方向，但是卻似乎什麼都看不到的樣子，她臉色沉重地說道：

「居然還跟著，呸呸，滾遠點！」

我不知道母親在說什麼，但奇怪的是，她吐完之後，那個穿紅衣服的女人居然不見了。

這個時候，我似乎也明白了什麼，一時間嚇得全身哆嗦起來，死死地縮在母親的懷裏，動都不敢動。

「這孩子今晚撞邪了。」回到家裏，母親把我交給父親，「得給他叫叫魂才行。」

「撞了什麼？」聽到母親的話，父親問道。

「他自己爬到二鴨子身上去了，那是山湖的髒氣，這孩子這麼大了，居然還能看到，剛才還跟我說有東西跟過來了。」母親說著話，神秘地看看外面，然後問我：「大同，現在門口有人麼？」

我抬眼望向大門口，看到一個模糊的身影在向我招手，我嚇得一下子抱緊了父親，大喊道：「有人，有人！」

「你看看，這孩子。」聽到我的話，母親把我放到床上，對父親說：「大概我叫還不行，得讓我爸來，他老人家歲數大，才壓得住。」

「那我連夜去請他過來。」聽到母親的話，父親臉色凝重地出去了。

「你快去，晚了估計這孩子會保不住。」看著父親離開，母親這才回來哄我睡覺，摸摸我的腦袋說：「燒了。」

我看著母親，感覺視線越來越模糊，全身懶懶的，酸痛得要命，昏昏欲睡。在睡著之前，我還記得問母親，那個穿紅衣服的女人是誰？

後來的事情我記不清楚了，我只知道在睡著之前，母親說道：

「這下糟了，紅松家的媳婦居然還在。」

第二章

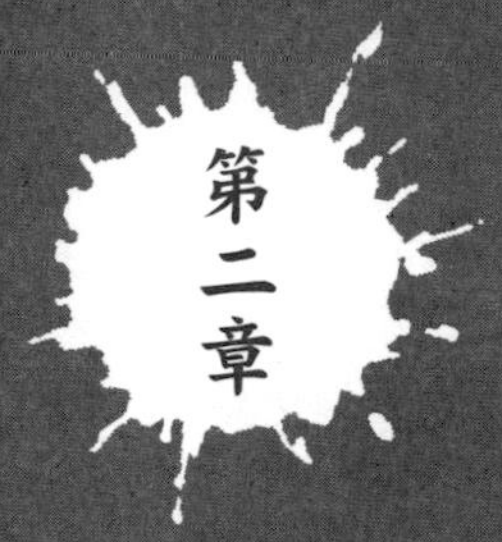

靈異第六感

就在這時，我清晰地看到一個人頭緩緩地從水底升了上來。
人頭升上來之後，接著是一個白花花的上身，背對著我，短髮。
我看著那個人影，一時愣在當場，一種熟悉的感覺湧上心頭。

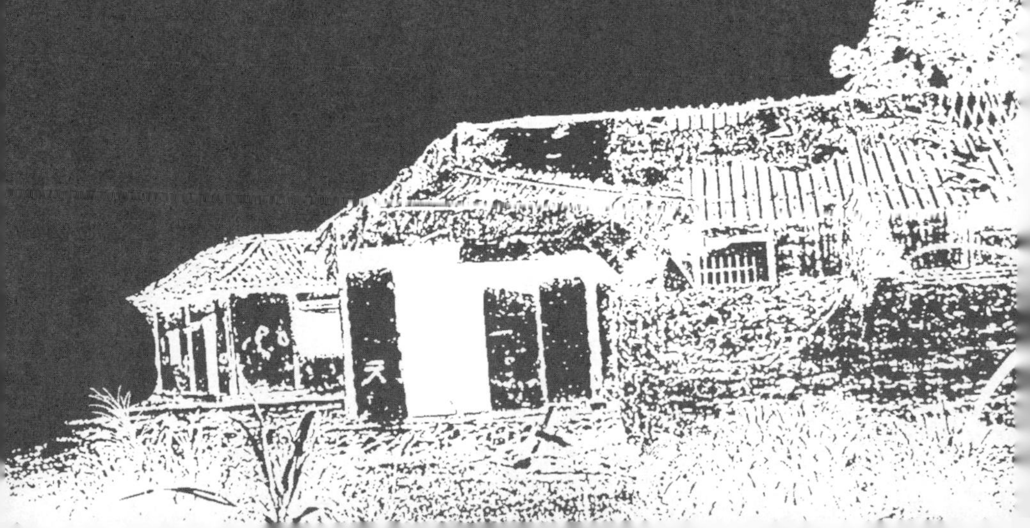

叫魂，在我們老家山村裏，是一種傳統習俗。我記得母親第一次叫魂是給我妹妹叫的。

那時候妹妹剛滿一歲，有一天晚上，父親和母親一起在山上的陵園裏偷伐了一棵松樹，半夜摸黑拖回家來。

那時候家裏窮，蓋房子要用，這種上好的木料買不著，一般偷偷去山上的陵園裏偷一棵就行了。這是山村默認的規矩。

當天晚上，松樹偷回來之後，母親沒有洗澡就上床摟著妹妹睡覺了。結果第二天妹妹鼻子和耳朵出了血，發了高燒。

母親就知道妹妹被髒氣沖到了，不過不是很嚴重，於是要為妹妹叫魂，而我得配合母親。

叫魂的方法有兩種，一種是中午的儀式，一種是深夜的儀式。

中午的儀式很簡單，只需要在家進行。需要準備一個勺子，幾張上墳用的草紙和一個鐵盆。準備好材料之後，母親坐在門前，用草紙包好勺子，然後在盆裏放一點水，然後一手端著勺子，一手沾起一點水滴到勺子上的草紙上。

每滴一滴水，母親就會向門口喊一聲：「小瞳，回家嘍！」而我則要跟在旁邊答應著：「回來了。」

這樣反覆叫喚，直到草紙被水滴破之後，儀式才結束。據說這樣就可以讓小孩子丟掉的魂魄回家。

這樣的程序，到了晚上還要進行一次，只是要換一種方法。

材料則是一個篩子，一塊黑色的布和一個鐵勺子。準備好材料之後，母親把妹妹先哄睡著，然後用一塊黑布把篩子蒙起來，然後一手拿著篩子，一手拿著勺子，一邊向外走，一邊用勺子敲著篩子。

每敲一下，母親就會叫喚一聲：「小瞳，回家嘍！」而我就跟在後面答應：「回來了。」

就這樣反覆叫喚著，母親要一路走到我們家的西北方向，然後站在十字路口，按照東南西北的方向，分別叫七次，然後再一路叫回家。最後要把篩子靠在床裏面，再上床睡覺。據說這樣就可以把小孩的魂叫回來了。

我不知道這是什麼原理，但是每次母親給妹妹叫魂，我都覺得很管用，因為第二天妹妹的燒就會退了。

當然，這樣的叫魂，最好是被叫的小孩子自己跟著答應。不過，那時候妹妹還不會說話，所以只能由我來代替。

母親給妹妹叫魂的那些方法，都是跟著姥爺學的，所以在這方面，顯然姥爺更有經驗。姥爺是個老中醫，人特別慈祥和藹，一把白鬍子，兩眼精光閃閃，身體很硬朗，小時候我特別喜歡纏著姥爺玩。

當我醒過來的時候，姥爺已經在我家裏了。

姥爺看著我，臉色凝重地皺眉道：「這孩子，叫也沒用了。」

母親擔心地問道：「怎麼了？」

姥爺抽了一口煙，看看門口道：「這不是掉了魂，是被跟上了，這孩子得跟我走，躲一陣子才行。」

姥爺說完，找了一塊黑布把我蒙了起來，然後背到背上，悶頭就往外走。我被蒙在黑布裏，什麼也不看到，只聽到姥爺的腳步「嗒嗒」地往前走，四周完全是一片漆黑。

在漆黑的環境裏，誰都會害怕的，所以當時我全身發毛，吵著喊道：

「姥爺，你讓我出來，太黑了，我害怕！」

聽到我的話，姥爺呵斥道：「趴著別動，你現在不能出來，那髒東西跟著你呢，不能讓她看到你。」說完繼續往前走。

走了半夜，我不知不覺地睡著了。

等我醒來的時候，已經在姥爺家裏了。

太陽光從外面照進來。姥爺的房子是在一條河邊的一棵大柳樹下，四面都是鬆軟的沙地，長著茂密柔軟的青草，一直延伸到河邊，像一張綠色的大毯子一樣。

我見到陽光，心裏總算踏實了一些，感覺身上也不酸疼了，於是爬起來，走出門去，正看到姥爺拿著鋤頭在西瓜地裏除草。

看見我起來，姥爺和藹地看著我，點頭道：「嗯，好些了，大同，去，自己去吃飯，我在鍋裏給你留著呢。吃完來幫姥爺除草。」

晚飯的時候，姥爺把桌子搬出來，坐到大柳樹下面，讓我坐在他旁邊，他自己拿了一壺老酒，自己跟前放一個酒盅。然後在對面的桌邊也放了一個酒盅和一雙筷子，然後把兩個酒盅都滿上，端著酒杯對著對面說：

「來，咱們喝一杯，你這都要走了，也該給你送送行。」

見到姥爺的樣子，我不由好奇地問姥爺，那邊沒人啊，你和誰說話呢？

姥爺和藹地笑一下，依舊對著對面的空氣說道：

「看看，這是我外孫，靈氣很足呢，這麼大了還能看到，天目還沒完全關掉。要不讓他看看你，也沾沾你的仙氣。」

「哈哈，什麼仙氣，我只是一個死水鬼而已。」

就在姥爺說話的時候，我突然聽到對面傳來一陣粗聲粗氣的聲音，然後就看到對面的桌邊出現了一個很高大的黑影，坐著瞪眼看著我。

突然看到這麼一個影子出現，再加上河邊的涼風一吹，我渾身的雞皮疙瘩都起來了，嚇得一把抱住姥爺的大腿：「姥爺，我怕！」

「哈哈，好了，好了，咱們談咱們的，這孩子靈氣足，但是膽子小，別嚇唬他了。」姥爺說完，又為那個黑影滿上酒。

聽到姥爺的話，黑影也漸漸隱去了身影，但我還能聽到他的聲音。

因為有姥爺在，所以我放鬆了一些，吃了一點東西，一邊豎著耳朵聽他們聊天。

我聽姥爺問道：「換班的是什麼人啊？」

那人甕聲甕氣地說：「按理不能告訴你，不過咱們是老友了，我就透露一點，是個戴鐵帽的。」

「哦，那再敬你一杯。」兩人又喝了幾杯才散了，而我也不知不覺地睡著了。

第二天醒來，我心裏不由得開始發毛，突然想起二鴨子說過的水鬼找替身的事情，想想昨晚那個黑影應該也是水鬼，他說的戴鐵帽的，應該就是他的替身。

我就很好奇，這麼熱的天，哪兒有戴鐵帽的人？於是我一整天都沒有出去玩，就坐在柳樹下等著，看看有沒有戴鐵帽的人來洗澡淹死。

天很熱，樹上的知了叫個不停，我在姥爺家門口的大柳樹下坐著，眼睛一眨不眨地盯著那條大河，想看到那個倒楣的來換班的替死鬼。

那天正好逢集，遠近村子裏的人都去趕集了，大河上的橋上人來人往，但就是沒有戴鐵帽子的人出現。到了中午，我開始犯睏了，瞇著眼睛快要睡著了，但是這時，眼前突然出現了一個身影。

一個趕集的人，買了一口大鐵鍋，頂在頭上擋太陽，他走到河邊，熱得不行，放下鐵鍋就準備去洗澡。我一看，立刻明白這個人就是「戴鐵帽」的。

我連忙狂奔到他面前，大喊道：「不許洗澡，這裏不許洗澡！」

「你個小孩子，我洗澡關你什麼事？」那人是個莊稼漢，黝黑的臉龐，他看著我，很不解地說道。

我一看這是個老實人，說不定家裏還有老婆孩子要養活，就更不想讓他下水了，連忙推著他道：「就是不許洗澡，你看來來往往的人，你個大男人光屁股不害臊？」

農村那時候洗澡都是光屁股下水的，不像城裏還會穿泳褲。

聽到我的話，那個莊稼漢有點猶豫，看看來往的人，也有些不好意思了，於是拿起鍋就走了。

看到莊稼漢離開，我總算鬆了一口氣，但是當我轉過頭的時候，卻看到姥爺正站在我身後，冷冷地看著我。

「姥爺，你怎麼了？」我問道。

「誰叫你這麼幹的？你知不知道你闖了大禍？」姥爺一把將我拎起來，一直拖到屋子前面，拼命地打我的屁股。

「你惹下大禍了，河神是好惹的嗎？」姥爺一邊打我，一邊大聲道。

就在他還在打我的時候，晴朗的天空突然一聲霹靂響起，滂沱大雨傾盆而下。見到這個狀況，姥爺臉色大變，一把將我推到屋子裏，然後拿著鋤頭站在門口，背對著我喊道：「不管聽到什麼，你都不要出來，聽到沒有！」

「好！」當時我也意識到事情嚴重，嚇得哆哆嗦嗦地躲在房間裏，縮著腦袋向外偷看，不敢出去。

大雨越下越大，四周都是黑壓壓的雲層，光線暗得像是黑天一樣。

我聽到稀哩嘩啦的聲響，接著聽到姥爺在外面大聲道：「老哥，對不起，都是小孩子不懂事，你就饒了他吧，我給你跪下了，求求你，求求你了。」

姥爺話音落下，外面一時沉靜下來，但是片刻之後，卻有一聲冷笑響起，似乎有人在和姥爺說話。

「不用我來為難他，昨天有人要過河，我攔下了。現在我看在你的面子上饒過他。但是你要記住，三日之後，凶兆必現，別怪我沒提醒你！」冷冷的聲音說完之後，留下一陣長長的笑聲，呼嘯而去。

那個聲音遠去之後，外面立刻又是一片晴天，烈日刺目。

姥爺渾身顫抖著走進屋子，一把將手裏的鋤頭丟到地上，喘息著一下子躺了下來，無力地說道：「如果不是我敬他的酒已經夠了四十九杯，今天這條命就要交給他了。」說完，他從腰裏摸出一把桃木小刀，遞給我道：

「大同，帶在身上，千萬不要取下來。這三天，姥爺可能要一直昏睡，你要自己照顧自己，我，我……你不要亂跑，千萬別出屋子。」

姥爺說完話，眼睛一閉，躺在地上，昏睡了過去。

看著姥爺昏倒在地上，我雖然很害怕，但是還是費了很大的力氣，把他拖到草蓆上去，讓他好好躺著。

安置好姥爺，我手裏緊緊地抓著那把桃木小刀，偎依在姥爺身邊，一動不動地看著姥爺沉睡的面孔，也不敢出屋子，雖然外面的天空白亮白亮的，陽光很好。

這時候，我開始後悔自己阻止那個莊稼漢去洗澡了。

到了晚上，我在屋子裏待得實在無聊，而且肚子也餓了，只好自己弄了點東西吃。

就在我吃東西的時候，聽到外面傳來一陣汽車行駛的聲音。我伸頭向外看去，正看到一輛大卡車從橋上開下來，在橋頭停住了，司機從車上走了下來，看看四周沒人，竟然徑直朝河邊走去。

看著那個司機越來越走近河邊，我的心揪了起來，一種非常不好的預感襲上心頭。我下意識地想要叫住那個人，但是又不敢出聲，只能怔怔地看著他在汽車昏黃的燈光裏，一步步走近水邊。

那個司機到了水邊，拍拍水，發現溫度很合適，於是脫下衣服，一頭扎進了水裏。

我怔怔地坐在地上，一動不動地看著那車燈照耀下的水面，漣漪一點一點消失，過了大半天，都沒有再看到有人出來。我知道，到底有個戴鐵帽的下去了。

恍惚間，我似乎感覺自己的身體像浸在冰裏一樣寒冷，全身都麻木了。我只能木木地爬起來，跑到屋子裏，守著點著豆油的青燈和昏睡的姥爺，怔怔地坐著，後來實在太睏了，便昏天黑地地睡了過去。

第二天一大早，我被屋外嘈雜的聲音吵醒，扒著門框向外一看，發現一大群人圍著那輛大卡車，似乎在討論車主去了哪裡，其中還有警察的身影。

這些人討論了一會兒，不覺一起將目光望向姥爺的屋子，然後在一個警察的帶領下，一起向小屋走來。

「小孩子，你看到這個車子的司機沒有？」警察老遠看到我，笑著問道。

「看到了，昨晚去河裏洗澡，沒上來。」我說道。

「我就說了嘛，肯定掉河裏了，行了，你們找人撈吧，他自己下去洗澡能怪誰？衣服不就在河邊嗎？」那個警察拍拍死者家屬的肩膀，然後帶著自己的同事上警車離開了。

那個司機的家屬趴在河邊哭天搶地地哭了起來。

我木木地坐在屋裏，一直怔怔地看著他們，一種陰冷的感覺傳遍了全身。

這時候，我忽然又開始慶幸自己阻止了那個莊稼漢，因為如果是他死了，可能他的家人會更可憐。這個司機的家境看來還不錯，雖然他死了，但是家裏的日子不至於過不下去。

就這樣怔怔地看著，我一直捱到了天黑，看著他們把屍體打撈上來，搬上車開走，才繼續守著青燈和昏睡的姥爺。

時間流逝得如此慢，好像細線一樣在身上越纏越緊，我最後連氣都喘不上來了。雖然心裏害怕，但迷迷糊糊地熬到夜裏，我還是不知不覺地睡著了。

後半夜，一陣冷風突然將我吹醒，我從睡夢中猛然睜開眼睛，赫然發現自己不知道何時居然已經走到河邊，半隻腳都踩到了水裏，冰冷的河水浸濕了鞋子，我嚇得連忙縮回腳，想要跑回姥爺的屋子裏去。

就在這時，我清晰地看到一個人頭緩緩地從水底升了上來。人頭升上來之後，接著是一個白花花的上身，背對著我，短髮。

我看著那個人影，一時愣在當場，一種熟悉的感覺湧上心頭。

「二鴨子？」我下意識地叫了一聲。

「嗯啊，大同，你還記得我嗎？我好冷啊。」二鴨子背對著我，沙啞著聲音說話，接著緩緩地轉過身來。

就在二鴨子轉身的時候，一種不好的預感猛然湧上心頭，我嚇得整個人都哆嗦起來。果然，當二鴨子猛然轉身面向我的時候，我看到的是今生看到最恐怖的一張臉。

那其實根本不能稱作是臉，而是一個被石頭砸得稀爛的流著腦漿的腦袋。二鴨子本來的面目已經完全看不清了，只能看到流成一堆的紅白之物，最要命的是，這堆紅白之物之中還綴著兩隻圓溜溜的眼珠，正在死死地盯著我。

「大同，下來玩啊，我一個人好冷啊。」二鴨子說著，彎下腰如同水蛇一般向我游來。

「救命啊，救命啊，姥爺，救命啊！」我嚇得全身哆嗦，死命地叫喊著，掙扎著想要挪動腳步後退，卻發現全身都已經不聽使喚了，兩腳完全麻木，動都動不了。

「下來玩啊，下來玩啊！好好玩啊，下來啊！」

「不要過來，二鴨子，我沒有害你！」我大聲喊著。

但是二鴨子卻完全不理會我的話，而且他此時已經游到水邊了，整個身體匍匐在泥地上，手腳並用地爬動著，迅速向我靠近。

「來吧，好好玩啊！」二鴨子的手猛然抓住我的腳脖子，我只感覺腳下一滑，整個人跟著往水裏滑去。

「啊，救命啊！」我猛然驚醒，入眼是一片昏黃的油燈光，我這才發現，自己剛才是在做噩夢。我摸摸額頭，出了一層冷汗。

「還好是做夢。」我出了一口長氣，小心翼翼地挪動了一下身體，下意識地靠近靜靜躺著的姥爺，想要尋找一點安全感。

但是就在這時，有一陣冷風吹進房間，昏黃的油燈劇烈閃動起來，差點就要滅掉，然後一陣更猛烈的風忽然將單薄的房門吹開了。

我猛然下意識地抬頭向門口看去，看到門口隱隱約約站著一個一身大紅衣衫的女人，正用一雙全白的眼睛死死地看著我。那雙眼睛如同死魚眼一般，但我卻可以清楚地感覺到，她正看著我。過了一會兒，她竟然對我緩緩地伸出了一隻手臂招了招。

「啊！」我嚇得全身寒毛都豎了起來。

我知道，如果先前看到的二鴨子是做夢的話，那麼這次就絕對不是做夢了。這個女人真的來找我了！

「救命啊，姥爺，姥爺！」我不敢去看那女人的眼睛，全身哆嗦著去晃動姥爺，希望他能醒過來，救救我。

就在我搖動姥爺的時候，卻猛然發現，地上躺著的哪裡還是姥爺，分明就是那個穿著紅衣服的女人！而我此時的手正抓著她的手臂！

「啊！」我再次尖叫一聲，全身猛然一縮，如同觸電一般向後退去。

這時，地上的女人猛然張開了死魚一樣的白眼，扭頭死死地盯著我。

「快出來，大同，快出來！」就在這時，我聽到姥爺焦急的聲音在門口響起。

我猛然抬頭，才發現不知道何時，姥爺居然已經站在了門外，正在向我招手。

我見到姥爺，不由得全身一震，連忙爬起來，飛也似的向門外的姥爺懷裏衝去。

就在我快要跑到姥爺身前的時候，腳下不小心一滑，一跤跌倒在地上，同時手裏的桃木小刀因為慣性，直直地甩了出去，正打在了門口的姥爺身上。

「啊——」

桃木小刀砸到姥爺身上的時候，我聽到了一陣無比淒厲刺耳的尖叫聲，接著我趴在地上猛然抬頭看過去，發現門口紅衣一閃，一個人影迅速地向側面飄去了。

此時我再次回頭看向屋裏，發現姥爺依舊靜靜地躺在草蓆上。

見到這個情景，我總算明白過來了。我滿心害怕地一步一挨來到門口，看看四下沒人，迅速地衝出去撿起桃木小刀，然後轉身就跑。

這把桃木小刀是姥爺給我的辟邪之物，我知道，方才要不是陰錯陽差讓它打中了那個髒東西的本體，我早就自投羅網了。

我手裏緊緊攥著桃木小刀，再次回到屋子裏，這次嚇得眼睛一下都不敢合上，也不敢四下亂看，只是死死地抱著姥爺的手臂，哆哆嗦嗦地坐在姥爺旁邊，一聲都不敢出。

「啦啦啦，青天好美，人間好流連啊——」

就在這時，我聽到了一陣陣尖細的聲音在屋子外面響起。

「不看，我不看！」我警告自己，死死地埋著頭，不去亂看。

我心裏想著，就算真的有鬼，我也是絕對不要再上她的當了。

「大同，出來玩啊。」一個熟悉的聲音再次響起，我不由得猛然抬頭向門外看去，正看到二鴨子背對我站著，光著上身，全身滴著水。

「二鴨子？」我下意識地叫了一聲。

「出來玩啊。」二鴨子說著話，再次緩緩轉過身來。

一種熟悉的恐怖感再次湧上心頭，我大叫一聲：「滾啊，混蛋！」一下子猛然閉上了眼睛，再也不去看二鴨子。

就在這時，一聲雞叫聲傳來。四下裏頓時寂靜下來，什麼聲響都沒有了。我再次抬頭的時候，發現房門外空空如也，風一陣陣吹著。

我摸著額頭，長舒了一口氣。我知道今晚算是熬過去了。只是我不知道明天夜裏，又會發生怎樣的事情。

紅衣女鬼

我發現那個紅衣女鬼已經消失不見了，
我感到背後一陣冰涼，不覺想要轉身，
卻發現自己全身似乎都被冰凍住了一般。
一雙蒼白如同枯枝一般的手，從我後脖頸摸上來，
然後一點點地向上，一直摸到我臉上。

第二天，我好幾次都猶豫著要回家去找爸媽來看看姥爺。但是又因為姥爺臨睡前的吩咐，我連房門都沒敢出去。我知道姥爺從來不開玩笑，他說的事情，肯定非常重大。他讓我不要出屋子，那這個屋子自然就是安全的。

就比如昨天晚上，雖然那個髒東西找到了門，卻一直都沒敢進來。想到這裏，我更加相信，這個屋子裏有姥爺布下的機關，髒東西不能進來。姥爺說他三天後會醒來，我現在已經等了兩天，只要再熬過一個晚上就可以了。不管怎樣，我都要堅持下去。

我一個人靜靜地坐在門口，看著外面白白的陽光，一時間，感覺到自己的信心增加了不少。手裏的桃木小刀更是讓我有了不少底氣，現在我知道，這東西確實是可以避邪的。

「實在不行，我就用這把小刀打死它們！」我看著遠處的河面，在心裏恨恨地說道。

就在這時，河面上漂著的一個東西猛然映入我的眼簾，讓我全身起了一層雞皮疙瘩。

一個穿著大紅色長裙的女屍，正背朝天漂在河面上。

而最恐怖的是，那具女屍似乎覺察到我在望向她，竟然突然翻身，露出了一張青白的面孔，正對著我。

「啊！」我嚇得一下捂住了眼睛，全身的寒毛都豎了起來。

但是當我再次仔細看去時，才發現那具女屍只是一截白色的漂浮木，不知怎麼的，上面居然裹著一塊紅布。

我心說，不信大白天還能見鬼了，總算是鬆了一口氣，拍拍胸口，回到屋裏，我自己胡亂弄了點東西吃，然後就看著門外斜斜的落日，慢慢地捱到天黑。

天色暗下來的時候，一種等死的感覺湧上我的心頭。我知道這個夜晚注定又要在各種幻覺和恐怖中度過，當時真的有一種自殺的衝動。

我連忙將屋子的門關上，還特地在門後面放了一塊大石頭，死死地抵住房門。這樣的話，再大的風都不可能把門吹開了。只要門不被吹開，我相信我就不會被那個女鬼嚇到。

到目前為止，我已經摸到了一點門道，我知道那個女鬼是不敢進入房間的。她只能用各種幻覺來引誘我出去，只要我不上當，我就是安全的。

把門關好之後，我找了一條毛毯裹在頭上，然後縮在姥爺的身旁睡覺。躺好之後，我將桃木小刀攥在手心裏，也不管天氣炎熱，就這樣蒙頭大睡。

由於這兩天我的心力實在是消耗得有點多，身體確實累了，我很快就睡著了。

這一覺睡得很沉很香甜，也沒有做噩夢。

半夜的時候，一陣敲門聲把我驚醒。我猛然醒來，聽到「噠噠噠」的敲門聲。有了昨晚的經驗，我知道無論如何也不能把門打開。不用問，肯定是那個女鬼在作怪。

我不由得冷笑一聲，不去理會敲門聲，繼續睡覺。當時我自己都沒注意到，我的心智已經變得強大了。

就在我準備睡覺，不去理會的時候，門外傳來一個土裏土氣的聲音：

「有人嗎？我是過路的，能問一下路嗎？」

那人說完，見沒有人回答，又敲了敲門道：

「喂，到底有沒有人啊，點著燈啊，怎麼沒人啊，喂，能問一下踢球山怎麼走嗎？喂，有人嗎？」

「滾開，女鬼，我不怕你！」聽到那個聲音裝得跟人一樣，我不由得憤怒地尖叫道。

「有人啊，怎麼半夜罵人啊，什麼女鬼啊，你開門啊，看我像女鬼嗎？我是男的啊。」門外的聲音回答道。

我知道無論如何也不能開門，總之是打定主意不去理會了，所以我還是蒙著毯子，不再說話。

見我不說話了，外面的聲音卻疑問道：「喂，怎麼回事？怎麼不開門啊，要不我自己推開了啊，我進來了啊，我就問個路。」

話音落下，我就聽到沉重的推門聲，接著聽到被大石頭抵著的木門被硬生生地推開了。再接著，一陣腳步聲走進了屋子裏，直直地朝我走了過來。

「喂，我進來了，喂，人呢？」腳步聲一點點地靠近我，那個土裏土氣的聲音又響起了。

我想這些都是我的幻覺。這個時候，我看不到外面的情況，所以那個女鬼就用這些聲音來干擾我。我堅信只要蒙住自己的頭，堅持不出去，那麼她絕對拿我沒有辦法。

但是就在我正在打著如意算盤的時候，一隻手臂卻一下子抓到了我的頭上。我立時嚇得全身一哆嗦，「啊呀」一聲尖叫出來，接著就感覺到頭上的毯子被人拽了下去。

我看到一個相貌粗醜的男子，大概三十多歲，穿著一身青色的黑布衣服，手裏還提著蛇皮袋子，一副行路人的模樣，手裏正提著我的毯子，站在我面前，滿臉驚愕地看著我。

那個男的被我這麼突然一聲尖叫，也嚇得不輕，接著看到我沒有什麼異常，那男子不由得有些生氣地皺眉看著我，問道：「你這小娃子，怎麼沒事大喊大叫，嚇我一跳，怎麼了這是？我喊了半天都不開門。」

「你，你是誰？你來幹什麼？」我看著這個男人的樣子，知道他應該不是女鬼，不然他推不開門，也走不進這房子，我不由得放心了一些，問他道。

「我就是問路的，咦，這個是你姥爺啊，睡得好死啊，這都吵不醒？」男子說著話，看到旁邊躺著的姥爺，不由得疑問道。

「要你管？那是我姥爺，你要幹什麼？」我看到男子不懷好意的樣子，站起身來，叉腰問他。

「我問下路啊。」見我發怒了，男子收斂了一點，嬉笑著問道，「小娃子，你知道踢球山怎麼走啊？」

「不知道。」我看看他，說道，「我勸你還是快點離開，這裏鬧鬼。」

「鬧鬼？鬧什麼鬼？」男子說著大聲笑起來，看著我不屑地說道，「小孩子就會自己嚇自己，我跟你說，我走了這麼多夜路，從來都沒有遇到過什麼鬼啊神啊的。有鬼？你讓它出來給我看看？」男子說著話，哈哈大笑起來。

「不信拉倒！」我氣呼呼地看著他，然後自顧自地坐下來，抬頭看著他問，

「你到底走還是不走？我說的鬧鬼是真的，而且還是個女鬼呢。你不怕嗎？」

「不怕，不怕，我怕什麼，我馬上就走，我就是問下路，小娃子，你把你姥爺叫醒一下，我問下路就走。」聽到我的恐嚇，男子依舊不依不饒地對我說道。

「我姥爺睡著了，不能吵醒他，你走吧。」我只好對男子說道。

「哎，你這小娃娃怎麼能這樣子呢？我大半夜趕路不容易，到了這裏不知道怎麼走了。你不叫，我叫！」男子被我說得有了火氣，竟然上前去推姥爺。

「喂，老人家，你醒醒，問你個事情。」

我冷眼看著男子，任由他去推姥爺，並沒有阻止他。因為我在這時已經看到了門外站著一個隱隱約約的人影。我知道，昨晚的東西又來了。我一把抓起地上的桃木小刀，然後再次拽過毯子蒙到頭上。

「我說，小娃子，你蒙頭幹什麼？你姥爺睡得太死了，是不是已經死了啊？」男子推了半天姥爺，發現都沒有反應，不由得納悶地問我。

我哪裡還敢說話，只是僵硬地指指門外道：「那邊有人，你自己去問。」

「哪裡有人？你這個小娃子怎麼亂說話，你看門口哪裡有人？」聽到我的話，那個男子不由得生氣地拍著我的腦袋說道。

「我不看，我不看，我就是不看。」我撅著屁股趴在地上，用毯子蒙著頭，就是不看。

「嘿，真是見了鬼了，你這小毛孩真是夠奇怪的，算了，我就不問你路了。再到前面看看去。」男子無奈之下，只好搖著頭向門外走去。

就在這時，猛然一陣陰風吹進來，生生地將屋子裏昏黃的油燈吹滅了。

「哎呀，這風夠怪的。」四周一下子完全黑下來，男子站在門口訥訥地說道，「幸虧還有點月光，要不這路還真難走。」說完順手幫我拉上門，踢踏著腳步走遠了。

「噓——」聽著男子遠去的腳步聲，我才鬆了一口氣，坐起身來，拿下毯子，摸摸額頭，發現急出了一頭汗。

外面淡淡的月光從虛掩的門縫漏進來，在屋子的地上現出斑駁的光點。

我下意識地看看門口，發現沒有什麼異常，這才大著膽子起來去摸找火柴。但是在我站起來之後，卻突然發現四周又全部黑了下來。

我伸著手四下摸著，居然什麼都摸不著，而且發現自己居然連眼睛都睜不開，黑暗中似乎有人死死地蒙住了我的眼睛。而我的腳下還有四周居然都變成了一片虛空。我摸黑去找桌子上放著的火柴，發現連桌子都沒有了。

我搞不清楚發生了什麼事情，只感覺到周身都圍繞著冰冷的風。一絲絲細小的東西，如同長長的頭髮一般，觸摸著我的臉龐，然後不停在我身上纏繞著。

我不停地撕扯著那些該死的髮絲，卻發現髮絲越來越多，越來越將我團團纏繞起來，最後勒得我氣都喘不過來了。

「啊，救命啊！」我猛然睜開眼睛，死死地瞪著前方，這才發現自己不知道什麼時候居然又睡著了。

門外淡淡的月光灑進屋子，地上依舊一片光斑。我怔怔地看著地面的月光，一時間納悶起來，因為我明明記得自己根本就沒有睡著，為什麼會出現那樣恐怖的感覺？

想到這裏，我突然心裏升起一股憤怒。

「我受夠了，我不怕你，該死的女鬼，有本事你就來殺我吧，裝神弄鬼算什麼本事？」我怒吼著，不由得站起身來，走到門口，猛然一把拉開房門，一個箭步衝了出去，站在門口的沙地上，手裏握著桃木小刀，四下亂刺亂砍，如同瘋子一樣。

「出來啊，該死的女鬼，出來啊，我要殺了你！」我怒吼著四下亂刺。

此時除了天上淡淡的雲層，青白的月光，四野習習的涼風，哪裡有什麼女鬼的影子？

這是怎麼回事？我看著四野靜謐的景象，一時間陷入了迷惑之中。我不明白那個女鬼怎麼不出來了。

我這樣出來應該正合她的意，她應該馬上撲上來掐我的脖子才對啊，怎麼現在沒了影子呢？

就在我疑惑的時候，忽然聽到一個輕細的聲音從河邊那棵老柳樹下傳來。

「大同。」

「誰？」我猛然扭頭，發現大柳樹下模模糊糊站著一個人，借著黯淡的月光，我看到了一個我做夢都沒想到會看到的面孔。

我的母親，正穿著一身大紅衣服，在向我招手。

「大同，過來啊。」她站在樹下看著我又招手道。

我怔怔地看著那個貌似是我母親的女人，一種憤怒從心底冒起。

「好，好，我馬上就過來，你等著。」我咬牙說著，一邊向大柳樹下走去，一邊偷偷地將右手中指放到嘴裏，用力一下咬破了，然後狂奔到柳樹下，閉著眼睛，豎起中指對著那個女人猛戳過去。

「啊！」我戳出中指的同時，聽到一聲無比淒厲的尖叫，接著我睜開眼睛，看到一團黑影瑟瑟縮縮地縮在大柳樹的枝丫上。

「下來，下來，混蛋，我要殺了你！」雖然那時候我很小，但是我的火爆脾氣已經體現出來了。以前我是因為剛接觸這些神神鬼鬼，心裏有陰影。現在我被惹怒了，情急之下放手一搏，反而什麼都不怕了。

農村流傳的俗語「中指血，剛如鐵」，說的就是人的陽氣最充足的地方是在中指上。普通人如果遇到髒東西，只要咬破中指戳它，髒東西會被陽氣重傷而逃。而我是一個幼小童子，中指血的陽氣絕對非常剛猛，那個女鬼應該已經被我重傷了。

看著樹上瑟縮的鬼影，我心裏一陣暢快，大叫著揮舞手裏的桃木小刀，對著它喊道：「下來啊，混蛋，下來啊，來啊，我看看你能不能掐死我！」

我一邊叫喊著，一邊圍著大柳樹轉，才發現這柳樹太粗大，我爬不上去，想要爬上去和那個鬼東西戰個痛快已經不可能了。

我沉思了一下，想到了一個主意，從旁邊的沙地上翻找出一大堆鵝卵石，然後拉開褲襠，在鵝卵石上痛痛快快地撒了一泡尿。我冷笑著撿起鵝卵石，向著樹上的黑影砸去。

「啊！」又是一聲尖厲的叫聲。

樹上的黑影被鵝卵石砸中之後，泛起一絲絲白霧。

「童子尿，給你的，嘗嘗吧，鬼東西！」我用鵝卵石不停砸向那團黑影，一直砸到地上的鵝卵石都沒有了，我自己也累壞了，才恨恨地對著那個黑影豎了豎中指，大搖大擺地向姥爺的屋子走去。

我帶著得勝的興奮走到房門口，再也不害怕什麼鬼東西了。但是就在我一顛一顛地要走進房門的時候，卻猛然感到屋子裏一陣陰冷的寒風吹出來。

我抬頭一看，不由驚得「啊呀」一聲大叫，一屁股跌出來，坐到了地上。一道黑影帶著冷風向我的身上撲來。

我一時間沒有反應過來，只覺得脖子一緊，整個人被那個黑影纏繞在了中間。這時候我才看清，這居然是一條比手腕還粗的黑色大蟒蛇。

蟒蛇纏住我，卻沒有咬我，牠只是死死地將我纏住，我連氣都喘不過來了。但是當我看清那條蟒蛇之後，已經不那麼擔心了。

因為從小我在農村長大，與我做伴的都是動物，牛啊驢啊什麼的，對於蛇，我自然也不陌生。現在這條蛇，雖然很粗大，但是我知道，毒蛇一般都是很細小的，長不了這麼大，只有無毒的大蟒蛇才會長得這麼大。

這種蟒蛇會用粗大的身體纏住獵物，直到獵物窒息而死，才將獵物整個吞下。當地有很多這種蟒蛇，我自己就親眼見過一條蟒蛇把一頭死豬整個吞下，然後大腹便便的爬都爬不動，最後被人抓起來，活活打死了。

鼻子裏嗅著蟒蛇身上傳來的腥臭氣味，感覺自己全身的骨頭都被勒得嘎嘎作響，我強迫自己冷靜下來。

我壓根兒就沒有武器，雖然我有一隻手沒有被纏住，可是手裏只有一把桃木小刀。這個東西對付鬼可以，對付蟒蛇，那可沒用。蟒蛇皮厚，扎不動的。

只有想辦法甩開這畜生了，唯一的辦法是就地打滾。蟒蛇的力氣很大，在牠那長長的身體裏，都是堅實的肌肉，所以蛇肉很好吃。

當蟒蛇纏住獵物的時候，想甩開牠是非常不容易的，這畜生會死死地纏住你，不吃痛，牠是絕不會放開的。

我猛地翻身在地，拼命在地上滾來滾去，專門往那些有尖尖石頭的地方滾。這樣滾起來，我自己是沒有什麼損傷的，因為那畜生纏在我身上，像個毯子一樣保護著我呢。

幾下滾動之後，果然那條蟒蛇身上被石頭刺破了好幾處，鮮血直流，終於心有不甘地鬆開了我，伸開身子，準備游走。

但是看到牠要游走，我心中的怒火卻陡然漲了起來。我心說，今天心情格外不好，你算是撞到槍口上了，你以為嚇唬了我一下之後，就這麼容易跑掉嗎？

我看著想逃跑的蟒蛇，冷笑一聲，將手裏的桃木小刀掖到腰帶上，然後一個餓虎撲食抓住蟒蛇的尾巴，拖著牠的尾巴死命地轉動甩動。

由於蟒蛇的脊椎非常細長，被我這麼一甩動，這畜生身上嘎吱嘎吱一陣亂響，脊椎都斷了，血淋淋地在地上扭動著。

看到蟒蛇那個樣子，我不由得火氣大發，轉身就往姥爺的屋子裏跑去，準備找菜刀來把這該死的蟒蛇就地剁頭剝皮抽筋。

但是當我走到屋子門口的時候，卻全身一震，立刻有一股極為不祥的感覺，因為我看到，屋子裏有一雙更大的綠瑩瑩的三角眼睛。

我知道，那應該是另外一條更大的蟒蛇。蟒蛇一般都是出雙入對的，剛才出來纏住我的是公的，更大的那條母的應該是留在屋子裏了。

「姥爺！」我全身寒毛都豎了起來，大叫一聲，瘋子一樣衝進了屋子。

屋子裏一片黑暗。因為在外面有月光，現在我猛然進入到屋子裏，眼睛無法馬上適應這黑暗的環境，一時間什麼都看不到。

但我還是熟練地摸到了桌邊，摸到了一盒火柴，然後迅速劃亮。

就在我劃亮火柴的時候，突然感到腳脖子一陣劇痛。我知道這畜生咬了我一口。但是幸好牠沒有毒，所以我強忍著疼痛，還是把油燈點了起來。

這時我看到屋子裏的情況，不覺急得全身每個毛孔都炸開了。

原來姥爺躺著的那張草蓆上，已經沒有了姥爺的身影，而一條身體無比臃腫、如同一個磨盤一樣的大蟒蛇盤在地上。

大蟒蛇身體臃腫，但是頭卻很小，看到我，牠伸著頭想要咬我。剛才牠已經咬了我一下了，我脖子上流出了血。

但是現在不是我去考慮疼痛的時候，最緊要的事情，是把姥爺從這畜生的肚子裏救出來。

看到這種情況，我已經基本想明白了，這兩個畜生趁著我剛才出去和女鬼搏鬥的時候，游進了屋子裏。

看樣子，那條母蛇剛剛受孕，需要營養，所以就把姥爺給吞了。而見到我回來，那條公蛇為了保護牠，就衝出去和我單挑。但可惜的是，這對畜生顯然小看我了。

我大致估算了一下時間，從我出這個屋子，到現在不超過三十分鐘。想來姥爺應該還沒有被消化。

我不由得心裏一陣慶幸，如果我再在外面和那個女鬼糾纏長一點時間的話，恐怕回來的時候就已經沒法救出姥爺了。

我曾經見過一個被吞下的小孩，救出來的時候，臉上的鼻子耳朵都已經模糊了，眼皮也沒了，整個人面目全非，無比噁心。

我抄手拿起桌上的菜刀，衝到了那條蟒蛇的前面，死命地砍了下去。

「噺噺——」

那畜生由於身體裏有姥爺拖著，行動不便，爬都爬不動，只能在地上伸著小頭，張著嘴巴對我裝出一副兇狠的模樣。

看到牠這個樣子，我怒不可遏，看準一刀砍在牠頭上。一刀下去，蛇皮迸裂，鮮血直流。

我怒吼著，一刀接一刀地砍下，把那畜生的脖子按在草蓆上，連剁幾下，將牠的頭生生地剁了下來。

我心裏一陣暢快，一腳將蛇頭踢開，跪在草蓆上，用菜刀小心翼翼地將蛇肚子割開一條小口，然後沿著小口把口子割得越來越大。最後，在肚子完全割開之後，姥爺渾身黏著鼻涕一樣的黏液滑了出來。

我看看姥爺，發現他除了鼻尖和臉上的皮膚有些破損，其他地方還沒事。我鬆了一口氣，拎起旁邊的水桶，去水缸裏拎了一桶水來，潑到姥爺的身上，幫他把那些黏液洗掉。

但是缸裏的水不多了，拎了兩桶就沒有了。我只好一手提著菜刀，一手拎著水桶，向著河邊跑去。

但是，就在我跑到外面，準備順路將那條公蛇也剁掉的時候，卻猛然發現那條死蛇居然掛在了柳樹上，一滴滴黑血正在往下滴。而柳樹的上方，此時出現了一個黑影。

看到我出現，那黑影像幽靈一樣飄了下來，變成了一個臉色蒼白、翻著白眼、穿著一身紅色衣服的女人。

「該死的！」我怒吼一聲，把菜刀丟到桶裏，伸手就去摸腰間那把桃木小刀。但讓我意外的是，那把桃木小刀不知道什麼時候已經掉了。我一把摸空，不覺渾身一震，抬頭看著前方的鬼影，第一時間的反應就是逃跑，但是卻發現自己的雙腳動都動不了。

我低頭看去，才發現一雙枯枝一樣瘦長的手，竟然已經死死地抓住了我的腳脖子。在那手的另一端，二鴨子如同水蛇一般，匍匐扭曲著身體，伸著長長的舌頭，正向我急速爬來。

二鴨子拖拉著紅白一堆的腦漿，齜牙咧嘴，兩隻眼珠子綴在臉上，舌頭伸了半尺長，在地上「啪啦啪啦」地兩腿後蹬。他那個樣子，簡直就是一個被剝了皮的蜥蜴！

我想跑，但是我的雙腳被這傢伙死死抓住了，動不了。但是這並不意味著我會束手就擒。那個時候，我已經是賊膽包天了，我還會怕什麼？女鬼、蟒蛇、死屍？都見鬼去吧，這些東西在我幼小的心靈裏已經如玩物一般了。

即便當時雙腳都動不了，但是我還有一雙手可以自由活動。所以我要反抗，就算是用牙齒咬，我也要反抗到底。我絕對不能輸在鬼手裏！

我以最快的速度從桶裏再次拿出菜刀，然後猛地彎腰，在二鴨子快要靠近我的時候，一刀剁進了他的腦袋裏，然後狠命一扭。

「喀！」我聽到一聲清晰的脆響，二鴨子的腦漿立時如同雪花一樣飛了起來，迸得我滿臉都是，一股惡臭的氣味衝到鼻子裏，我被嗆得猛然咳嗽起來。

雖然咳嗽著，但是我手裏的動作並沒有停下來，我揮舞著菜刀連番剁下。其中有幾次沒有剁到二鴨子的身上，反而碰到了地上的石頭，一時間血漿和火星亂飛。

第四章

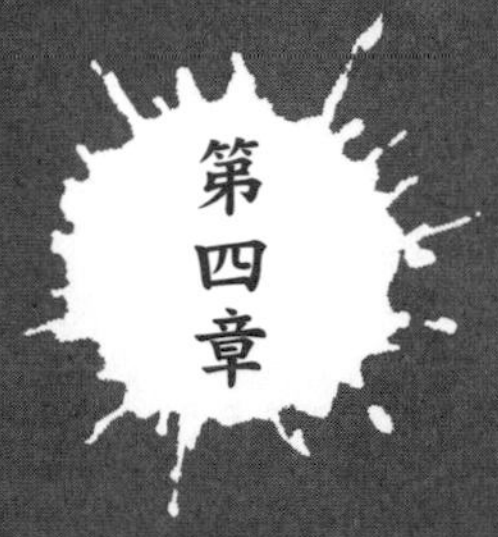

一切都是幻覺

無邊的噩夢持續折磨著我的神經，我幾乎崩潰的時候，
想起了姥爺和我說過的一句話。
「當你能感覺到，你就沒有死！」我猛然想到這句話，
馬上想到我還沒有死，我還不能放棄，這一切都是幻覺！

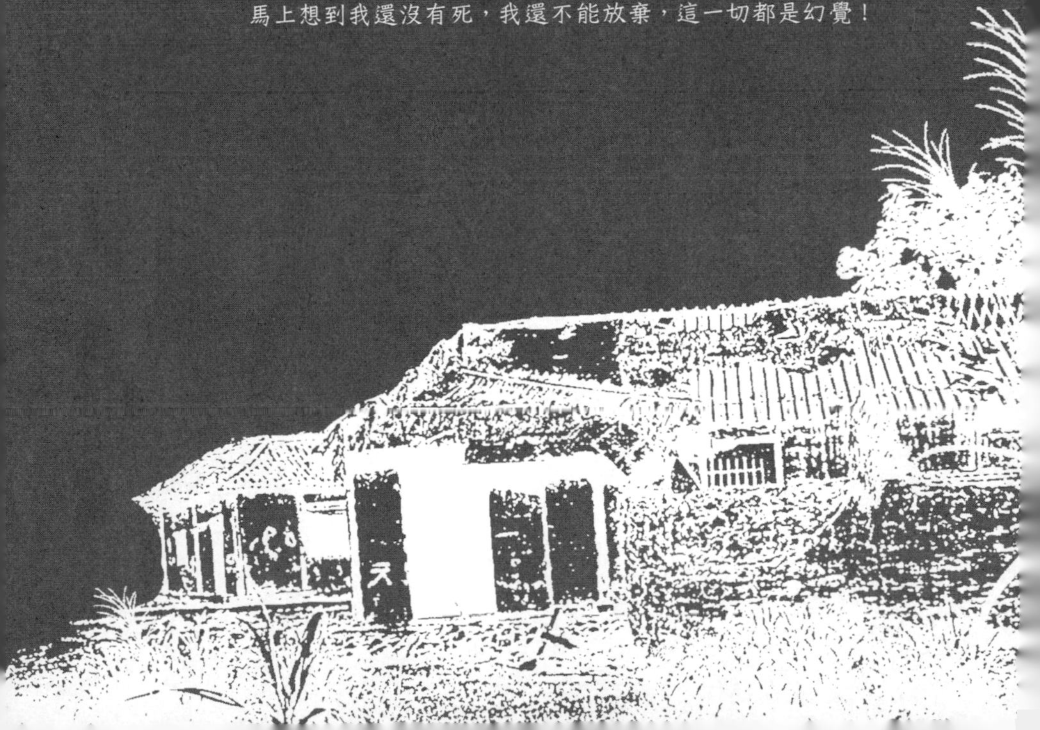

這時，我聽到清晰的「嘶」一聲低沉的叫聲，雙腳一鬆，我知道，二鴨子已經被我剁翻了。

我連忙後撤一步，再次看向地面，才發現哪裡是什麼二鴨子，竟然是那條被我毆打的死蛇。看來是二鴨子的魂魄被那個女鬼驅使，附到死蛇的身上來作怪。

我冷笑一聲，一刀將死蛇斬成兩截，一腳踢到一邊之後，才得勝一般抬眼向柳樹下看去。

但是這時，我卻發現，那個紅衣女鬼已經消失不見了。與此同時，我感到背後一陣冰涼，不覺想要轉身，卻發現自己全身似乎都被冰凍住了一般。一雙蒼白如同枯枝一般的手，從我後脖頸摸上來，然後一點點地向上，一直摸到我臉上。

最後，那尖利的指尖，生生挖進了我的眼睛裏。

「啊！」劇烈無比的疼痛，讓我立刻全身抽搐，我拼命地掙扎著，雙膝跪地，手捂著臉，不停號叫著。

黑色的血從我的眼眶裏滴落，沾染了整個手掌。我不知道為什麼還能有視覺。只知道在我還有知覺的最後一瞬間，我猛然扭頭，看到一個女人穿著一身紅衣，趴在了我的背上。

我扭頭的一瞬間，正看到她披散的長髮下，翻著白眼的面孔，嘴巴血紅，猛然張開，如同蛇的嘴巴一樣裂開，然後裏面伸出一條血紅色的長長舌頭，如同毒蛇一般，鑽進了我的嘴裏，接著不停地往下鑽，如同刀子一般在肚子裏面攪動。

我感到無比疼痛和窒息，我睜著兩隻滴血的眼睛，雙手緊緊地握著那根插在我嘴裏的舌頭，全身抽搐著，顫抖著，最後，漸漸地失去了知覺。我的視線，停留在了那張無比蒼白和恐怖的面皮上。

黑暗，無邊的黑暗瀰漫在我的四周，如同被墨汁浸染後的深水一般，圍繞著我，冰冷刺骨。我不知道自己在哪裡，也不知道自己是生是死，只感覺自己似乎是在水中。

我猛然睜開眼睛，才發現我整個人如同一具浮屍一般，不，是沉屍一般，就那麼直挺挺地站在深水之中。

水面透下淡淡的光線，讓我可以看清水底的狀況。我動不了，依舊是全身僵硬，不聽使喚。我所能做到的就是大睜著雙眼，怔怔地看著水底的世界。

水底，水草叢生。長長的水草如同一條條漂浮的水蛇一般在水底招搖著，延伸到遠處。整個水底一片虛無，沒有游魚，沒有任何水生動物，只有緩緩流動的水流。

我隨著水流漂動，緩緩下沉。

最後我發現我碰到了地面，雙腳陷入茂密的水草之中。

那些細長的水草立刻纏住了我的全身，如同水蛇一般。我能感覺到它們在我的身上爬動，鑽入我的衣袖裏，鑽進我的衣服下，沿著皮膚四下延伸鑽騰，冰涼的，滑溜溜的，帶著黏液。有幾條不但鑽到我身上，還鑽到我的耳朵裏和嘴巴裏，攪得我五胃翻騰。

我想吐，卻吐不出來，只能僵硬著身體忍受著那種全身內外被水蛇纏滿的感覺。

我的眼睛並沒有被擋住，在我面前，終於看到了河底唯一一處沒有水草的地方。那是一座被淹在河底的墳頭，如同一個大大的饅頭一般靜靜坐落在水草叢中。墳頭上方沒有任何草木，一層層沉澱的河泥中央，是一個水桶粗的黑洞。黑洞如同一張巨大的嘴巴，空洞地對著上方。

那些纏住我的水草，拉扯著我一點點地向那個黑洞移去。

「不要，不要！」我心裏大喊著，卻於事無補。我就這樣被一點點地移動到了那個黑洞上方，然後被水草拉著頭，整個人朝下倒翻過去，腦袋正好在那個黑洞的上方。

這時，黑洞裏面伸出了一隻枯枝一般的手臂，抓住我的頭，向黑洞裡拉去。又是一片漆黑，我的腦袋首先進入了黑洞中。

我首先感到一團肉乎乎的東西包裹著我的頭，然後一點點地向我的周身包裹過來。如同被吞入蛇腹一般，我一點點，一點點地被整個包裹起來。

最後，我感到自己躺倒了下來。而我的身下，則壓著一具柔軟而冰涼的身體。有一點光線照進來，我才看到，我正和那個紅衣女屍面對面地躺著。我的眼前就是女屍那翻著白眼的青白色面皮，她的嘴唇血一樣紅。

女屍沒有動，我也動不了。

我們一人一屍，就這樣互相看著，好像多年未見的情人一般，身體貼著身體，最後嘴對著嘴，舌頭互相伸到了彼此的口中，越伸越長，互相攪動彼此的內臟。我連舌頭舔到膽汁時的苦澀味道都能清晰地察覺到。

「我還沒有死！」

「這一切都是幻覺！」

就在無邊的噩夢持續地折磨著我的神經，使我幾乎崩潰的時候，我想起了姥爺和我說過的一句話。

「當你能感覺到，你就沒有死！」

我猛然想到這句話，馬上想到我還沒有死，我還不能放棄。

這一切都是幻覺！

荒塚、水草、黑洞、女屍、噁心攪動的舌頭，這一切都是幻覺，都是那女鬼在侵蝕我的靈魂。我不能任由她的擺佈，一旦放棄，我就真的要陷入這無盡的恐怖和黑暗之中，像二鴨子那樣淪為女鬼的傀儡了！我要保持清醒，我要反抗！

「咳咳！」我用僅存的一點意志，控制自己的心神，不能迷失，不能淪落，不要閉上眼睛，不要失去知覺。

這時，我看到女鬼白色的眼珠子猛然張大了一倍，她的眼珠子整個突顯了出來，如同一隻剝了皮的熟雞蛋一般，在眼眶裏翻滾著。

然後這隻雞蛋慢慢裂開，無數蛆蟲帶著忠臭從裏面爬出來，密密麻麻如同抱團的螞蟻一般，蠕動著尖尖白白米粒一樣的身體，沿著女鬼和我的長舌頭向我的臉上爬來，我臉上麻麻的酥癢，雞皮疙瘩起了一層又一層。

很快，我的臉上爬滿了蛆蟲，蛆蟲開始圍攻我的眼睛，從我眼皮開始向眼睛裏鑽。

劇烈的疼痛傳來，我很想閉上眼睛，但是我的意志告訴自己，絕對不能閉上眼睛，否則將會永遠都醒不過來。我掙扎著，強忍著疼痛，身上的每一根神經都被疼痛折磨得抽搐顫動，疼痛無休止地侵蝕著我的每一寸皮膚。

我清楚地感覺到我臉上的皮肉已經被蛆蟲鑽透吃空了，那些蛆蟲在我臉皮下蠕動著，四下鑽騰繁殖著，不停擴散。而我眼眶裏的那些蛆蟲也幾乎咬斷了眼球和大腦相連的筋肉，差一點我的眼球就要掉下來了。

就在持續的疼痛無休無止蔓延的時候，我又想起原來自己能夠感覺到身體的存在感。雖然嘴裏和腸胃裏都被長長的舌頭和蛆蟲塞滿，但是我卻可以從鼻子裏呼出一點點聲息。就是這一點點僅有的聲息，使得我猛然感覺到全身的每一寸肌肉原來都還存在著。

緊接著，我聽到一聲聲雷動的叫喊：

「大同，大同，大同！」

「嗚啊！」我猛然一口吐出了口裏的噁心東西，睜開眼睛醒了過來，看到姥爺一臉焦急地看著我，他正在搖晃著我，喊我的名字。

而我的四周點了一圈七盞油燈，燈火正在夜色裏顫抖跳躍著。我的面前是一大堆黑白相間的稀糊狀嘔吐物。我清楚地看到，那些嘔吐物中居然真的有幾條蛆蟲在爬動。

「吐出來就好了，吐出來就好了！」姥爺一邊說著話，一邊拿毛巾幫我擦臉。

我驚愕地抬頭問道：「姥爺，我睡了多久了？」

「你已經睡了整整三天三夜了。」姥爺說著，長出一口氣，一屁股坐到地上，不停喘息著。

我也長出一口氣，低頭看了一下地面上的嘔吐物，這才發現那裏面的蛆蟲不是我吐出來的，而是屋子裏本來就有的。

原來我昏迷了三天，姥爺從醒過來開始就一直在照顧我，不停地給我叫魂，沒來得及收拾屋子，屋子裏被我殺掉的那條蟒蛇就在炎熱的天氣裏腐爛生蛆了。

我看到碩大的蛇身上爬滿了一層層白色的蛆蟲，不停蠕動著，而姥爺的身上，居然也爬滿了蛆蟲。

見到這種狀況，我忍不住一陣反胃，猛然又嘔吐出一口膽汁，然後指著姥爺的腿問道：「姥爺，你的腿怎麼了？」

「這三天一直在給你扎針，沒來得及清洗，這些蛆蟲都爬到我身上了。」姥爺說著，伸手將腿上的一層蛆蟲搓掉，露出底下血淋淋的皮肉。

我不忍心再看，讓姥爺趕緊去清洗一下，而我自己則伸手摸摸額頭，想要擦擦汗，感覺身體極度虛弱。

「不要動！」姥爺見到我的舉動，連忙制止我，他走到我面前道，「你的眼睛周圍都還插著針呢，我先幫你取下來。」

我伸手輕輕撫摸一下臉，發現眼圈周圍果然都插著針，不覺心裏一陣發麻，抬手發現手臂和全身的皮膚沒有一處是好的，都是針眼。腳底下更是恐怖，許多針眼都已經被蛆蟲爬滿。

見到這種狀況，我頭皮一陣發麻，大叫一聲站了起來，死命地搓腳，想把那些蛆蟲都搓掉。

「不要著急！」姥爺安撫著我，麻利地幫我拔掉銀針，這才拉著我一路向外走去。

外面天色很黑，已經是深夜了，姥爺挑了一盞風燈，掛到河邊的大柳樹上，拜了幾拜之後，才拉著我一起走進河水裏。

清涼的河水立刻浸滿了全身，我不覺舒暢地揉搓身上的污垢和蛆蟲，一洗身上的骯髒。

姥爺也咬牙清洗著傷口，然後坐在河邊，給自己的傷口敷上雲南白藥。

我一邊洗著，一邊借著燈影看著自己在水裏映出的倒影，不覺全身一震，身上的寒毛都豎了起來。因為我發現我的背上居然趴著一個人！

一個長髮披散、伸著長長的舌頭、兩手死死地抱著我的脖子的人影。這個人影我如此熟悉，以至於我感到無比恐怖。

我不由得大叫一聲，連滾帶爬地上了岸，戰戰兢兢地站在姥爺的面前說：「姥爺，還在，那東西還在！」

「沒事的。」見到我的樣子，姥爺卻很淡定地說道，「冤魂纏身而已，最危險的關口已經過去了。現在我們有的是時間處理她。」說完，他拉著我的手臂翻轉了過來，讓我看手臂的背面。

我這才發現，我的手臂背面居然都已經變成了黑褐色，如同已經腐爛了的死肉一般。

在和姥爺洗完澡之後，我戰戰兢兢地跟著他一起回到屋子裏，打掃房間。

「鬼魂分成兩種，一種叫靈魂，一種叫冤魂。」姥爺一邊掃地，一邊對我說道。

姥爺說，人死之時，要是安詳而死，則化為靈魂。靈魂是要轉世投胎的，所以一般不會在世間逗留太久。因為靈魂逗留在世間是要冒很大風險的，那就是魂飛魄散。魂魄要想長期存在，就必須有屍體才行，沒有屍體就要上人的身，否則就會遭遇陽氣而飛散。

這也是為什麼古代的帝王或者有錢的貴族，下葬的時候要千方百計地保存屍體，不讓屍體腐爛。只要保持屍體不腐爛，在他們下葬之後，他們的靈魂就可以依附屍體而長期存在於陵墓之中了。而這些靈魂經過長久存活，吸食月陰地氣之後，則會修成鬼仙，保佑後代子孫多子多福，門楣興旺。

而採用普通方式下葬的屍體，則很快就會腐爛成枯骨，不利於鬼魂的依附。所以如果這些鬼魂想要駐留在世間，就要尋找屍體，情急的時候則會上人的身，就會出現鬧鬼的現象。鬼魂依附人的身體，就會對人的陽氣形成損傷，長此以往，會使被附身的人陽氣耗盡而死。

聽到這裏，我下意識地看看自己的手腳，暗嘆我會不會被耗盡陽氣而死。

「一般的靈魂，都是心地善良的，死後並不願意禍害他人，不能駐留世間，就會去投胎，所以沒有什麼危害。冤魂就不一樣了。冤魂一般都是冤屈而死，怨氣很重的鬼魂。這種冤魂有很大的怨氣沒有消散，所以它不願意去投胎，而是固執地駐留在世間，尋找仇家報仇。所以這樣的冤魂很凶，它們會不惜一切代價讓自己存活下去。其中一種方法就是上人的身，或者定期尋找新鮮的屍體。」

姥爺看著我說道：「你現在身上的那個就是冤魂，而且怨氣非常重。現在要想幫你解除這纏身的鬼魂，就必須幫助她消除怨氣。哎，看來這都是命啊，我帶你走了這麼遠，她都能跟過來，想必是她覺得你能幫她吧。」

「我能幫她？」聽到姥爺的話，我下意識地向脖子後面看去，雖然什麼都沒有，但卻依舊感到脊背發涼。

「算了，先不說了，我們做飯吃吧，這幾天下來，你也餓壞了。」打掃完畢，清除了蛇屍和滿地的蛆蟲之後，姥爺開火做飯。

「你不用擔心，明天我就帶你回去，只要找到那個冤魂原來的家，幫她消除怨氣，應該就可以解決了。」姥爺拍拍我安慰道。

吃完飯，姥爺疲憊地躺下了，讓我也躺下好好睡覺，說是明天要趕路，要好好休息。

姥爺說完話，很快就睡著了。我躺在姥爺旁邊卻不敢睡，只是睜著眼睛看屋頂的橫梁。我害怕一睡著又醒不過來，又會看到那個女鬼。

我現在才知道，姥爺自從醒來之後，發現我被女鬼上身，就點了七星續命燈給我叫魂。這是叫魂的最高等級形式了，姥爺以前也沒有用過。

不過他後來發現這樣也叫不醒我，就採取了更加極端的手法，那就是給我扎針。因為女鬼上了我的身，他扎我，我疼，那女鬼也疼。不過正如他所說，那個女鬼的怨氣很重，而且意志堅定。

姥爺把我全身都扎了一遍，最後不得已扎進眼睛裏，幾乎觸到大腦，劇烈疼痛才讓那個女鬼放鬆了一點對我靈魂的控制，我這才醒了過來。

如果不是我醒了過來的話，按他的話來說，我應該會變成那個女鬼的傀儡了。

這也是為什麼我昏睡的時候，做夢會有蛆蟲爬滿全身全臉的原因，原來都是扎針的疼痛和酥麻感。相信那個女鬼的感覺也好不到哪裡去。

這樣我才算是度過了最艱難的關口。也就是說，那個女鬼雖然上了我的身，但是沒能控制我的神智。不過她還是存在我的體內，並且不停消耗著我的元氣。所以，我現在的情況依舊很危險。

想到自己體內有個女鬼，我是怎麼也不可能睡得著了，總感覺那女鬼還在抱著我的脖子，用舌頭舔我的臉。

我偷偷爬起來，找了一面鏡子照了一下，發現鏡子裏的我面目黑暗，雙眼流血，情狀恐怖，而我的背上則趴著一個長髮披散、身穿大紅衣衫的女人。那個女人低著頭，黑色的長髮掩蓋了她的面目。

就在我看向她的時候，她卻也猛然抬頭看向我，一雙青白的眼睛直直地盯著我，大紅的嘴角居然咧開笑了一下。

「啊！」我嚇得一把丟掉鏡子，再也不敢去看了。

就這樣，我守著油燈，一直坐到了天亮，等著姥爺醒過來，帶我回家。

但是姥爺醒了之後，卻說我們要晚上再走，因為那東西在我身上，大白天出去的話，如果被太陽曬到，不但會消耗她的元神，也會造成我元氣的流失。

直到天黑，姥爺才背著我，開始上路。

此時我已經睏乏難耐，幾次想要睡著，但是又都強打起精神支撐著。後來實在堅持不住，我趴在姥爺的背上沉沉地睡了過去。

半夜，我被一陣晃動驚醒，猛然抬頭，發現姥爺正背著我急速跑動著。

四周居然是一處墳地。我扭頭看時，清晰地看到墳地裏飄著一道道黑影，一時間不覺好奇地盯著他們，想要看個究竟。

「不要看，把頭埋下！」姥爺低聲對我喝道。

但是姥爺的提醒已經晚了，因為有兩道黑影向我飄了過來。我嚇得縮頭伏在姥爺背上，叫道：「過來了，過來了！」

「嗯。」聽到我的話，姥爺也明白了是什麼情況，他不再說話，換手從兜裏掏出一張紙符，貼到我的身上，說道：「你現在身上有東西，這些髒東西都能看到你，所以你不要看他們。你一看他們，怨氣就會傳過去，把他們引過來。」

姥爺說完，加快速度繼續趕路。

這時，我看到前面的路邊一左一右蹲了兩個人，手裡拉著一根繩子擋在路中間。

「姥爺，他們用繩子攔路！」我大聲道。

「嗯。」聽到我的話，姥爺放慢了腳步，一點點往前走，問我：「還有多遠？」

「就在你腳前面，跨過去就行啦。」我低聲說。

姥爺抬腳跨了過去，沒有被繩子絆倒。

這時，我遠遠望見了前方點點的燈火，知道已經快要到家了，心裏不由得鬆了一口氣。姥爺也似乎鬆了一口氣，不再說話，背著我悶頭向村子裏走去。

「汪汪！」有外人進村，村子裏的狗都大叫起來。

姥爺也不去理會，就是悶頭朝前走。

但是剛走到村子裏，突然一個陰陽怪氣的聲音響了起來。

「哎呀，大半夜的，奔喪啊，跑得這麼急。」

抬頭看時，我才發現是我們村西頭一個叫張虎的人。不知道這張虎怎麼大半夜還沒有睡覺，此時正趴在門邊向外看。

「積點口德！」姥爺冷冷地說了一聲，不去理會張虎，背著我繼續走路。

這時，我猛然感覺自己全身一震，接著全身都不聽使喚地顫抖起來。而下一刻，我竟然狠命地推開姥爺，從他的背上跑下來，低聲嘶吼著，如同瘋狗一樣向著那個張虎衝了過去，一口咬到他的腿上。

「幹什麼，你這小孩子，找死啊，敢咬我！」張虎一抬腳，把我踹了起來。

我被踹飛出去，翻身爬起來，怔怔地坐在地上，完全不知道發生了什麼事情。

我看到一個黑影從我身上飄了出來，然後匍匐在地上，如同一條黑蛇一般，手腳蹬地，向著那個張虎游去。

就在那個黑影馬上要游到張虎身上的時候，張虎家的大門上突然閃了一下光芒，那個黑影尖叫了一聲，縮成一團滾了回來。

「怎樣了，大同？」姥爺把我扶起來問道。

「沒事，她游過去了，但是進不了門。」我站起來指著張虎家的大門木木地說道。

「什麼？原來是這家。」聽到我的話，姥爺不由冷眼看了張虎一下，冷哼了一聲：「半夜別被鬼敲門！」說完抱起我就走。

「老不死的，你才被鬼敲門！」張虎看著姥爺走掉了，不由罵了幾句，這才關門回去。

我回頭看時，發現那團黑影已經不見了。

「別看了，在你背後呢。」姥爺說道。

「啊！」我下意識地扭頭看自己的背後，真的看到一團黑影，如同八爪魚一般，死死地伏在我的後背上。我這才知道，這東西壓根兒就沒打算放過我。

終於回到家了，爸媽把我和姥爺接進了家門。

「爸，這是怎麼回事？」母親掀開蓋在我身上的大衣，看到我從背後一直延伸到眼睛的黑色斑痕，向姥爺問道。

「哎，怨氣太重了，跟過去了。」姥爺長喘了一口氣，拿出煙袋，蹲在牆角點起來，吧嗒吧嗒地抽了兩口，嘆氣道，「本來，我以為這東西過不了河。結果這孩子，哎，多管閒事，趕走了河神的替班，結果那東西就被河神放過來了。哎，這是命啊。」

「這可怎辦？」父親嚇得臉色都變了，讓母親抱我去睡覺，然後蹲下來陪著姥爺一邊抽煙，一邊問道。

「得消怨氣啊。」姥爺抽完一袋煙，將煙斗在鞋子上磕了磕。

「怎麼消啊？」母親把我放下之後，也走出去問道。

「得先弄清楚是什麼冤情才行啊，這東西怨氣很重，想來死得很慘，你們村裏，這些年有沒有慘死的人？」姥爺沙啞著聲音問我母親。

「沒有啊，這幾年沒有，倒是前十幾個年頭的時候，死了個女的，才結婚一年，據說是在山湖淹死的，到現在屍體都沒撈著呢，村裏人都覺得奇怪。那女的不到二十歲，長得很漂亮，愛打扮，經常穿一身大紅衣服，嬌俏著呢。」母親說道。

我躺在床上，迷迷糊糊地聽到母親的話，不由得昂頭朝他們喊道：「就是她，就是她，一身紅衣服。」

「啊，還真是紅松家的媳婦，這，這可怎麼辦？」母親聽到我的話，一邊讓父親過來哄我睡覺，一邊問姥爺道。

「這個啊，得弄清楚是怎麼回事啊。」姥爺抬抬眼睛，問我母親：「你說的那個紅松家的媳婦，和村西頭那個張虎是什麼關係？」

「啊，那是她家的堂哥啊。」聽到姥爺的話，母親不由得驚訝道，「爸，你怎知道張虎的？」

「沒事，我就是問問。」姥爺瞇著眼睛，「那張虎和這紅松家關係怎麼樣？」

「這個不好說，據說關係很好。」母親看看門外，然後壓低聲音道，「張紅松娶了這女的之後，沒過兩個月就出去打工了，後來這媳婦留在家裏，聽說就是讓張虎照看著的。張虎自己有老婆孩子，做人還行。本來照顧得好好的，後來張紅松回家過年的時候，聽說他媳婦懷孕了，本來這是喜事啊，結果不知道這女的怎麼了，大冬天跑去山湖淹死了。結果張紅松傷心過度，沒挨幾天也死了。爸，這其中會不會有什麼問題？」

「嗯，剛才來的路上，那東西見到張虎就往他家闖，沒闖進去。看來這張虎和這件事情有很大關係，明天我得親自走一趟看看。」姥爺說完，起身端著煙斗，向外面走去。

但是我卻一直惦記著母親說的那句話。按時間算，那個張紅松家的媳婦死的時候，我還沒出生呢。

她生前是什麼樣子，我不知道，但是我卻知道她死了之後是什麼樣子，甚至是什麼心情。因為我能夠清晰地回憶起來，她見到張虎的時候，那種瘋狂的怨恨。

「張虎到底對她做過什麼？」我心裏想著，不知不覺地睡著了。

睡夢中，我發現我沿著一條小路，緩緩向前走著。身邊一個大紅衣衫，身材高挑，長髮披肩的女人拉著我的手。

四周是一片白濛濛的霧氣，也不知道是白天還是夜晚。

我只感覺到自己在一條荒草掩徑的小路上走著，露水沾濕了我的褲腿。我能夠嗅到身旁女人身上一陣陣淡淡的清香。

女人抓著我的手，領著我向前走。我想要掙脫，卻發現自己全身不聽使喚，根本掙脫不了，只能任由她拉著向前走去。

我抬頭去看女人的臉，從下往上看，我只能看到她豐滿圓潤，高挺出來的胸部和白嫩的下巴，她的臉卻看不清。

小路的盡頭是一處院落。院子裏有一棵粗大的老槐樹，綠葉青蔥。女人推開大門，帶著我繼續向裏面走。

院子裏，一條青石小路通到後堂。女人把我推到後堂的窗前，讓我向屋子裏看去。

我趴在窗戶上，從一條細小的縫隙向裏面看去，不由得驚訝地睜大了眼睛。房間裏擺設很溫馨，紅色的鴛鴦帳，寬敞柔軟的大床上，坐著一男一女。男人臉色白皙，身材瘦弱。女人烏油油的長髮披在肩上，鵝蛋臉，嘴唇紅潤，眼睛如清水一般脈脈含情，面帶羞澀，微微縮肩靠著男人。

男人明顯有些緊張地摟住女人，然後將女人輕輕地放倒在床上，自己也半躺在女人身邊，開始哆嗦著解開女人的衣服，一身大紅色的刺繡長裙，很快就被解下了。

女人裏面穿著大紅色小衣，露出了雪白細膩的皮膚。男人見到女人的胴體，更加激動緊張，著急地脫掉自己的衣衫，爬到了女人身上，摩擦著。

女人一直用雙手捂著眼睛，臉色通紅，胸脯不停劇烈起伏著，非常羞澀。男人咬牙摩擦著，手掌在女人身上游走。

「哈哈，你好白！」男人咬牙笑著，抬起身看著女人，臉上顯出極大的滿足，但是他沒有晃動幾下，突然全身哆嗦了一下，無力地倒在床上，仰面大口喘息著。

「你，怎麼了？」女人滿臉失望地坐起身來，皺著眉頭，黯然地坐在床邊發呆。

而男人卻已經呼嚕呼嚕地睡著了。

就在我正好奇地看著房間裏的場景時，一雙手從我腦後伸過來捂住了我的眼睛。我嗅到那雙手上的清香，感覺到那雙手的柔軟和冰涼。我沒有動，感覺天地都在圍著我轉，時間在我身旁飛速流轉。

房間裏不停傳出男人低沉的喘息聲和女人無奈的嘆息聲。

「還是不行麼？」女人幽怨的聲音傳出來。

「唔。」男人每次掙扎著叫一聲之後，就立刻呼嚕呼嚕地睡著了。

一天，男人推開了家門，向外走去：「我去打工！」

男人走了，女人獨自一人坐在房間裏，依舊是一身大紅色衣衫，顯得憔悴而落寞。

「轟隆！」一聲驚雷在半空響起，嚇得我渾身一哆嗦，捂在我臉上的雙手也隨之拿開了。

接著，我抬眼看到院子裏瓢潑大雨傾盆直下，一個披著雨衣的人摸黑進了院子，朝著女人的房間走來。

那人先是來到窗戶前，學著我的樣子，弓著腰向裏面偷看。借著窗戶透出的一點燈光，我赫然認出來，那個人就是張虎。

張虎身材粗壯，一臉的鬍渣，兩隻眼睛斜斜的，透著奸氣。他彎腰偷看著屋子裏的女人，同時伸手摸搓著自己的襠部。

我不知道張虎在做什麼，但是我看他一邊摸搓一邊滿臉猙獰的樣子，嚇得向後縮了一下，正靠在一個人的懷裏。扭頭一看，發現是那個領著我來這裏的女人。我很奇怪，為什麼這個女人和屋子裏的女人長得一模一樣呢？

張虎一邊揉搓著，一邊咬牙切齒地喘息著，最後長舒一口氣，連續抽搐了好幾下之後，才心滿意足地離開了窗口。

時間又在身邊快速流轉，院子裏花開花落，女人的窗外反覆出現張虎的身影，以及那抽搐著的喘息聲。

終於，一個黑夜，時間停止了流轉，張虎拿了一把鋼尺，插進門縫，把門閂撬開了。

屋子裏一片漆黑。

「咯吱——」一聲細長的開門聲響起。

「誰？」女人警覺地起身問道。

接著女人點起了燈，披衣而起，又驚又怒地看著站在屋裏的張虎。

「虎哥，你怎麼來了？」女人問道。

「嘿嘿，妹子，我怕你一個人寂寞，來陪陪你。」張虎說著，走到女人面前，一把將女人抱住。

「你，你出去！出去！混蛋！」女人滿臉通紅地掙扎著，尖叫著。

「閉嘴，你這浪貨！」男人一把將女人按倒在床上，一手用力地捂住她的嘴巴，一手瘋狂地撕扯她的衣服。

「你就是個騷貨，嘿嘿，紅松早就和我說了，他不行，我知道你肯定很寂寞，是不是啊？哈哈，老子今天就讓你知道男人的滋味！哈哈，怎麼樣，被冷落了這麼久，你很想要吧？」

男人奸笑著，把女人的衣衫全部撕扯下來，然後流著口水瞪大眼睛，欣賞著女人白皙潔淨的肌膚。

「哈哈！」接著男人壓到女人的身上，撕咬著，瘋狂地運動著。

女人緊閉著眼睛，全身不停發抖，無力反抗，雙手死死地扣住男人的脊背，抓出了血痕。他們廝打著，但是打架的姿勢非常奇怪，表情也非常奇怪，好像既掙扎痛苦，又非常爽快。

就在這時，我的耳邊響起公雞的打鳴聲。然後我就發現四周的煙雲散去，我的身體在時空的漩渦中極速旋轉著，讓我暈眩噁心。最後我猛然睜開眼睛，發現天色已經濛濛亮了。

原來只是一場夢，但是我卻清楚地記得夢裏的細節，如此清晰真實。

第五章

復仇的鬼新娘

在夢中，我覺得全身清涼，猛然睜開眼睛，
發現自己正光著身子站在水裏，四周是白濛濛的霧氣。
我低下頭，赫然發現自己的身體居然變成了一個女人的身體，
胸口鼓鼓的，肩膀上是濕漉漉的長髮。

姥爺咳嗽著從側屋裏走了出來，手裏領著妹妹，見到我的母親，吧嗒吧嗒地抽了兩口煙，指著妹妹對母親說：「這孩子陽氣弱，這幾天別讓她和大同在一起，你帶她出去轉轉，我問問大同情況。」

姥爺給我披了一件黑色外套，把我的頭也蒙上了大半，讓我只能看到一點亮光，這才領著我進了側屋，讓我坐在床上，然後抽著煙袋問我：

「昨晚夢到什麼了沒有？」

「夢到了，夢到了。」我連忙回答姥爺。

「說說看。」姥爺抽著煙袋，瞇著眼睛聽我講我夢裏的故事。

當他聽到我講張虎和那個女人在床上打架的事情時，不由得眼睛一亮，訝異道：「果然紅顏多禍水，醜女反而安一生，這也是孽禍難逃啊。」姥爺磕了磕煙斗，繼續問道，「她沒有為難你吧？」

「沒，沒。」我知道姥爺是問那個女鬼有沒有又在夢裏嚇唬我，如實回答道，「她身上很香呢。」

「這就好，這就好。」姥爺鬆了一口氣，點點頭看著我說，「你元氣比一般人足，靈性又高，不然的話，這會兒恐怕已經搭進去半條命了。哎，看來這女人是不死心啊，她應該是一直在找能和她溝通的人，結果害死了那麼多人也沒找到。得了，看在我外孫子的面子上，我就幫她一遭，讓她瞑目。」

姥爺說完，低頭沉思了一會兒，看著我問道：

「下次做夢，繼續跟著她走，她讓你幹什麼就幹什麼，記住，不要害怕，都是夢而已。你儘管看清楚，醒了再告訴我。」

吃飯的時候，我發現妹妹不在家了。母親說是暫時住到大伯家裏了。

吃完飯，姥爺還是給我蒙上一件黑色大衣，然後端著煙斗，領著我向外走去。

「大同，還能記得昨晚那個院子嗎？」姥爺問我。

「能，能，就是這條路，走到底，轉個彎就到了。」我說。

「好，咱們看看那院子去。」

當我看到那個院子的時候，不由得滿心悲涼。院子的牆頭塌了，斷壁殘垣，裏面長著掩人膝蓋的雜草。只有院子裏那棵老槐樹依舊綠意青蔥，讓我能夠認出這個院子就是夢中來過的地方。

站在院門口，我看到後堂的屋子已經倒塌了大半，牆壁裂著粗大的口子，搖搖欲墜。

「喵！」一隻黑貓猛然從破屋裏衝出來，爬到老槐樹上，看著我們尖叫，嚇了我一大跳。

我緊緊地抓住姥爺的衣袖，喃喃道：「我看到的不是這樣子的。」

「那就對了。」姥爺眯著眼睛笑了笑，「咱們再去看看那個張虎。」

姥爺領著我，來到昨天晚上經過的張虎家門口。

「原來有門神。」姥爺抬眼看看張虎家的大門，發現大門上貼了一張陳舊的門神畫像，點點頭，然後走上前敲了敲門。

「誰啊？」一個女人的聲音響起，開門的是張虎媳婦，一個四十多歲的婦女，長得很粗壯，滿臉肥肉，小眼睛，撇著嘴看著我和姥爺。

「張虎在家嗎？」姥爺問。

「沒在，出去轉去了。」張虎媳婦沒好氣地回答，然後皺著眉頭看著蒙著黑衣服的我，問姥爺道：「什麼事？」

「沒事。」姥爺抽著煙斗，微笑地看著張虎媳婦說：「張虎有個堂弟叫張紅松吧？」

「是啊，早死了，你問這個做什麼？」聽到姥爺的話，張虎媳婦立刻臉色一變，瞪著姥爺。

「嗯，張紅松的媳婦是怎麼死的？」姥爺繼續問道。

「哎，你這個老頭子，沒事瞎問什麼呢？神經病，這事和你有什麼關係！滾遠點！」張虎媳婦更加生氣了，罵了姥爺一句，氣呼呼地把門關上了。

「嘿嘿，為人不做虧心事，半夜不怕鬼叫門，叫你們家張虎半夜睡踏實點。」姥爺隔著大門對著院子喊了一句，然後走上前，拿著煙斗在門神畫像上磕了幾下，點了點頭，領著我離開了。

我看到姥爺的煙斗把那張門神畫像燒了四個小洞，正好把門神的眼睛燒掉了。

回到家，爸媽問姥爺事情怎麼樣了，他笑了笑道：「晚上就知道啦。」說完就讓我母親早點哄我去睡覺。

我本來沒有睡意，但是因為母親哄著我，我很快就睡著了。

在夢中，我覺得全身清涼，猛然睜開眼睛，發現自己正光著身子站在水裏，四周是白濛濛的霧氣。我低下頭，赫然發現自己的身體居然變成了一個女人的身體，胸口鼓鼓的，肩膀上是濕漉漉的長髮。

水裏映著我散碎的身影，我發覺自己並不能控制這個女人的身體，而只能如同旁觀者一般看著她的一舉一動。

女人自憐地舀著水清洗自己光潔白皙的身體，不時惆悵地撫摸著自己隆起的小肚子。

看到她那隆起的小肚子，我不由得好奇地皺起眉頭，忽然想起，母親快要生妹妹的時候，肚子也是很大的。我問父親，母親那是怎麼了，父親跟我說，女人肚子大，就是要生小孩了。這時我才知道，這個女人也是肚子裏有了小孩了。

女人洗完了，走到岸邊，穿上一身大紅衣衫，體態輕盈地向家裏走去。

「打掉，快去打掉！」張虎滿臉怒氣，手裏攥著錢，把女人往門外拖。

「求求你，不要！」女人哭喊著，跪在地上哀求。

「你他媽的，想害死老子，紅松回來發現怎麼辦？你當他是傻子？」張虎點了一根菸，冷眼看著女人。

「那，那你帶我走，帶我走好不好？」女人跪在地上，拉著張虎的手哀求。

「走，去哪兒？出去怎麼活？」張虎皺著眉頭低吼，說完把菸頭丟到地上，狠命用腳擰滅。

「那，那，你走吧，我自己會想辦法把孩子生下來養大的，你放心，我不會告訴別人，是你的孩子的。」女人失望地抱著膝蓋，蹲在地上說道。

「你——」張虎冷眼看著女人，接著卻猛然一腳踹到女人的肚子上，「你他媽的想得美！」

「啊！」女人掙扎著痛苦呼號著，捂著肚子倒在地上，驚恐地向屋子裏爬去，想躲開張虎的拳腳。

「哼，你這個騷貨，想害死老子？想得美，不去打掉，我就踢掉它！」

「我和你拼了！」女人從桌上抄起一把菜刀，瘋狂地劈砍著，一刀砍到張虎的手上，頓時鮮血直流。

「啊！你這個賤貨，你等著，有你好看的，你想害死老子，沒門！」張虎捂著手，憤怒地離開了。

女人手裏攥著菜刀，全身癱軟在地，無助地哭泣著，憤憤地砍著地面。

「老天爺啊！你幫幫我吧！」女人掩面痛哭。

時光再次流轉，女人的肚子一天天大起來，她開始閉門不出，躲在家裏熬著時間。

過年的鞭炮聲響起，煙花漫天，好熱鬧的年底。男人背著背包，風塵僕僕地從外面回來了。

「孩子是誰的？」男人憤怒地看著女人，大聲斥問。

「你別問了，我們離婚吧。」女人坐在床邊說道。

「啪！」男人憤怒地抽了女人一巴掌，揪著她的頭髮，把她拖倒在地，瘋狂地毆打著。

「賤貨！我讓你偷男人，你這個浪貨！」男人氣喘如牛，拉著女人一路拖到院子裏的老槐樹下，抄起皮鞭，狠狠揮下。

女人哭號著，哀求著，死死地護住自己的肚子，蹲在樹下承受著雨點一般的鞭子。

「哎呀呀，發生什麼事情了？」鄰居們被驚動了，聚滿了院子。

「紅松，什麼事情？」張虎上前問男人。

「老子在外面辛辛苦苦賺錢，這浪貨在家偷男人，你說該不該打？」男人氣紅了眼，指著女人罵道。

「怎麼，孩子不是你的？」張虎說著話，示意自己的媳婦把圍觀的人勸走。

「大家都回去，回去吧！」張虎的媳婦將人群勸散了，再次回到院子裏。

張虎和張紅松一起點著菸，蹲在地上悶頭抽著。旁邊那個女人則一臉求救的眼神望向張虎。

「真他媽的傷風敗俗！」張虎憤怒地指著女人，然後對張紅松說道：「紅松，你要是有種，也別他媽的裝慫，別讓這賤貨好過。」

「我準備帶她去流掉。」張紅松狠狠地掐滅菸道。

「流個屁！」張虎憤怒地站起來，指著張紅松道，「直接給我踹掉。你上去踹，踹掉它！你他媽的是不是男人！這種氣都能受！」

「你，張虎，你不是人！」聽到張虎惡狠狠的話，女人不由得憤怒地站起身來，衝上去廝打張虎。

「去你媽的，賤貨，你還敢打我？真不要臉，我要是你，我就去死了算了！」張虎惡狠狠地一腳將女人踹倒。

「紅松，你有種的，就自己解決，我在外面給你看著，出人命也沒事，這是她咎由自取！」張虎惡狠狠地說道。

「張虎，你不是人，你不是人！」女人顫抖著站起來，指著張虎罵道。

「你這賤貨，閉嘴！給我進來！」張紅松一下把菸頭扔掉，揪著女人的頭髮向屋裏拖去。

「紅松，你聽我說，孩子是張虎的，他想害死我，想毀滅證據，你聽我說！」女人哭號著。

「媽的，你還血口噴人！賤貨，真他媽的賤！」張虎追上去，一腳踹在女人的肚子上，「我讓你再說！」

「啊！」女人一聲淒厲的尖叫，兩眼死死地瞪著張虎，任由張紅松拖進了屋子。

血，滿地的血。女人躺在血泊裏，直著眼睛看著屋頂，一聲不哼。一團血肉模糊的東西卡在她的褲子裏。

「孩子，我的孩子！」女人失神地在血泊裏摸索著解開自己的褲帶，雙手將血肉模糊的孩子摟進懷裏。

「我操！」男人憤怒地大吼，一把將孩子奪過來，摔在地上。

「啊！」女人撕心裂肺地尖叫著，爬著去搶孩子。

「怎麼樣了？」張虎開門闖了進來。

「我打死她！」張紅松揪著女人的頭髮，拖回血泊中，繼續毆打著。

張虎站在門邊看著，眼光落到地上已經摔得血肉模糊的孩子身上，冷哼一聲。

「啊！」女人雙眼暴張，披頭散髮，她趴在血泊裏，任由拳腳落到身上，一點點地向前爬著，最後終於將孩子摟在了懷裏。

淚水、血水，流滿了她的臉。她顫抖著，將孩子揉進懷裏，將孩子護在身下，憤怒地嘶吼著：「張虎，你不得好死！你們整個張家，都不得好死！」

一聲悶哼後，女人全身一軟，倒在地上。

「這個賤貨！」張紅松憤怒地將女人翻過身來，才發現女人已經撞死在地上。

「這，這……」張紅松驚愕地望著張虎。

「哎呀，死了？」張虎故作慌張地看著女人。

「哎呀，這，紅松啊，你這下闖禍啦！」張虎媳婦也走進了屋子，驚慌地說道。

「怕什麼！」張虎卻冷喝一聲，「這賤人本來就該死，現在死了正好。再說，她也是自殺的，說出去也不關紅松的事。」

「但是，這個樣子，被查出來，要連累紅松啊。」張虎媳婦擔心地說道。

「你們聽我的，沒事。」張虎胸有成竹地看著驚恐的張紅松和媳婦，然後壓低聲音，拉著張紅松道：「把她綁上石頭，沉到山湖裏。山湖中間有個深井，沉下去，屍首都找不到。然後就和她娘家說是淹死了，誰也追不著。」

「那就這麼辦。」張紅松抓住了一根救命稻草。

時光流轉，夜黑風高，兩道黑影划著小船一路向山湖中心而去。

「差不多就是這裏了。」一個黑影說道。

「好，扔下去。石頭綁緊了嗎？」另外一個黑影問道。

「放心，我用了一斤多的鋼絲纏了全身，絕對鬆不了。」對方回答道。

「好，一、二、三！」

「撲通！」一聲悶響，一個黑色袋子被扔進了水裏。

「呸，賤人！」一個黑影惡狠狠地吐了一口唾沫，然後把小船向湖邊划去。

我光著身子站在湖底，喘不上氣，拼命掙扎著，我的全身纏著鋼絲，胸口和背上綁著很重的石頭。

我一直往下墜去。墜到水底，又埋進淤泥中，然後沿著淤泥繼續向下滑，不知道滑了多深。

我感覺掉入了一口無底的深井，看不見一點光，就這樣深埋在淤泥之下，隨著銹蝕的鋼絲一起腐朽，最後化作一堆白骨。只有一絲怨氣在湖底遊蕩和漂流！

我緩緩地睜開眼睛，看到了亮光，看到姥爺圍著我。

我躺在屋子中間的一張草蓆上，四周點了三盞油燈。外面天色漆黑，陰冷的風吹動著燈火。姥爺端著煙袋，神情嚴肅地坐在炕頭看著我。

「大同，看到什麼了？」姥爺問我。

「孩子死了，我的孩子死了。」我喃喃地回答，淚如雨下，伏在地上大哭。我的心已死，對世間沒有任何留戀，只有無盡的怨恨。

「我要殺了他們！」我直直地站起身來，向外面走去。

「按住他！」姥爺一聲冷喝。

爸媽立刻把我按倒在草蓆上。

「綁上！」姥爺扔過來一條繩子。

我面朝下趴著，麻木地任由他們用繩子綁住全身。

接著姥爺讓爸媽去裏屋等著，他坐在炕頭上，抽完一袋煙，才把煙斗別在腰裏，然後拿了一疊上墳用的草紙，在屋子中間的火盆裏燒起來。

他眯著眼睛，捏著草紙，對我低聲說道：「冤有頭債有主，門已開，去吧！」

我全身麻木地看著姥爺，火苗在我面前不停跳動，耳邊傳來姥爺念經一般的聲音。

「冤有頭債有主，門已開，去吧！」

一遍又一遍的聲音響起。我不知不覺迷迷糊糊地又睡著了。

睡夢中，我在一條霧氣迷濛的小路上走著，只是這次我是主動跟在那個女人的身後。女人穿著繡花紅鞋，大紅裙子垂到腳面，長髮披到腰間。我扯著她的裙子，癡癡地跟著她向前走。

「回去吧。」女人停下來，背對著我低聲說道。

「不要。」我咬著牙說，「我要殺了他們。」

「那不關你的事。」女人長嘆了一聲，第一次回過身來，定定地看著我。

我發現她的面容依舊青白，只是那雙眼睛已經變成了兩灣清水一樣的眸子。

「回去吧，等下的場面你看了會受不了的。」女人第一次對我微笑著，拍拍我的頭。

「不要，我要殺了他們！」我固執地說道，拳頭緊緊攥著。

「大同，我叫何青蓮，希望你記住我的名字，以後能來我的墳前上一炷香，我到了那邊，也會記得你的恩情。」

她的影子在我面前變得越來越模糊，最後完全消失了。

「不要！」我大喊一聲，急急向前跑去。

我知道她去哪裡了，我知道她要去做什麼。我要找到她！

我一路飛奔，來到那個讓我厭惡和憎恨的大門前。大門上的門神耷拉了下來，兩眼空空。大門緊閉著，我聽到裏面傳來慘叫聲。

「爸爸，不要殺我，爸爸，不要殺我！」一個孩子驚恐地哭喊道。

「哈哈哈！」張虎大笑著，「你爹殺了我的孩子，今天我就來取你的命，還我的債！你要記住，你死了都要記住，這些都是你們張家應得的報應，你們張家都該死，都不是人！」

「啊！」又一聲慘叫傳出，之後這個孩子徹底沒了聲音。

我附耳在門上，聽到嗤嗤的刀聲，不由自主地閃身進了大門，看到了讓我一生難忘的慘像。

進到院子裏，我首先看到的是一大灘黑色的血，浸濕了院子的地面。

我抬頭，看到的是臉色猙獰、一臉恐怖笑容的張虎。張虎光著上身，手裏提著菜刀，雙眼發紅，齜牙咧嘴地冷笑著，站在院子中間。張虎十二歲大的兒子張繼，四仰八叉地躺在張虎腳邊，身下是一大灘血，眼睛瞪得圓圓的，望著天空，他至死都不明白這是怎麼回事。

「啊，天殺的，救命啊，殺人啦！」這時，一聲慘叫從屋子裏傳來。

張虎媳婦穿著一件汗衫，哭天搶地地向院子跑來。

「嘿嘿！」張虎見到媳婦，不由得冷笑一聲，抬腳將兒子踢開，伸手揪住了媳婦的頭髮，猛然將她拖倒在地，然後手起一刀，剁在她的脖子上。

「唔！」張虎媳婦悶哼一聲，雙腿在地上胡亂蹬著，全身不停抽搐，頭髮被張虎死死揪住，半坐在地上，雙手無力地捂著脖子。鮮血從她的手指夾縫中噴射出來，瞬間染紅了她的上身。

「哈哈，哈哈！」張虎瘋狂地大笑著，再次舉起手裏的菜刀，對著媳婦的脖頸連砍了幾刀。然後，張虎站起身，手裏還是拎起菜刀，大踏步地向門外走去。

我驚慌地跟在他後面，一路尾隨著。

只見張虎出了大門後，一路飛奔，摸黑向山湖大壩跑去。我緊跟在他身後，但是人小跑得慢，最後還是跟丟了。

我沒有停下來，還是跑到了大壩上，看到遠處一個黑影正在「嘿嘿」笑著，揮舞著手裏的菜刀不停地剁砍著什麼。

等到我靠近的時候，才看清楚，張虎光著身體，下身血淋淋的，正在剁著地上一根肉肉的東西。

「我剁碎你，剁碎你！」張虎一邊揮舞著菜刀，一邊齜牙咧嘴，雙眼放光。那根肉肉的東西已經被剁成了肉醬。

這時，張虎又舉起菜刀，狠狠地砍到自己的左胳膊上，一下把自己的左臂砍掉了。接著，他坐到地上，拼命揮舞菜刀，不停剁砍自己的雙腿，竟然活生生將自己的雙腿從膝蓋處砍斷了，這才兩眼一翻，向後倒去。

一束月光照在我的身上，我又感覺到全身都浸入了冰涼的湖水中。

我無聲地抬起頭，看著四周。湖面波光粼粼，月光化作萬條銀蛇，不斷閃動。我站在水裏，靜靜地看著遠處，耳邊傳來淒婉的歌聲。

「三月裏那個百花開喲，大姑娘那個出嫁了喲，不問夫家有沒有錢喲，只問丈夫那個有沒有給俺準備花床喲——」

細長淒婉低沉的歌聲，穿透了人的心弦，無盡的傷感和淒涼。

隨著歌聲響起，一個身穿大紅長裙、身材輕盈的女人，穿著紅色繡花鞋踩在水面上，甩著長長的紅色袖子起舞，長髮在風中飄揚。她驀然回頭，我看到了她的一個笑臉。

她走了，我卻如同死了一般，無聲地向後仰躺在清冷的湖水中，怔怔地看著蒼穹中那一彎淡淡的月牙。

我看到日升月落，世事變遷，在我身邊如同放映機快轉一般播放著。嬉笑聲、喧鬧聲、吵鬧聲、戲水聲，從我身邊匆匆來去。我彷彿化作了一塊頑石，佇立在水中，靜靜地看著天地萬物生死輪迴。

有一天，一個白髮蒼蒼的老人出現在我面前，他手裏端著長長的老煙斗，「吧嗒吧嗒」地抽著，吐出一個個白色煙圈。

「回家吧，大同。」老人用火燙的煙斗在我身上磕了磕，我痛楚地醒過來，發現姥爺正拉著我的手，向一個人家走去。

那個人家坐落在綠樹掩映、紅花盛開的村頭，門口有一塊很大的曬穀場。一個小女孩，穿著一身紅衣，正在場地上歡快地笑著，編著花環。

我隨著姥爺走進人家，走進了一間側屋，屋子裏光線昏暗。房門已經被蟲蛀咬得千瘡百孔，屋裏的梁頭掛著紗衣一般的蜘蛛網。

屋子裏的一張木床上，直挺挺地躺著一個小男孩，他眼瞪著屋頂，臉上和身上落滿灰塵。

「去吧。」姥爺含笑推了我一把，我猛然撞進了那個小孩的身體裏。

「啊呀！」我大叫一聲，猛然醒了過來，看著滿屋的蛛網和灰塵，不知道自己睡了多久，也不知道現在是什麼時候。

「姥爺！」我大叫著開門跑了出去。

只見金色陽光當空照下，正是綠樹發芽、桃花盛開的時節。我的耳邊又響起那首歌謠：

「三月裏那個百花開喲，大姑娘那個出嫁了喲，不問夫家有沒有錢喲，只問丈夫那個有沒有給俺準備花床喲——」

一個一身紅色衣衫，戴著花環的女孩飄飄然地從大門走了進來。

看到我，她不由得驚叫出來：「哥，你醒了？」

「嗯。」我看著妹妹紅彤彤的小臉，淡然地應了一聲，然後有些焦急地看著她，問道：「姥爺呢？爸媽呢？」

「爸媽下地幹活去了，姥爺正在曬穀場上曬太陽呢，剛才好像睡著了，這會兒可能已經醒了，走，我帶你找他去！」妹妹說著話，歡快地上前來拉著我的手，和我一起來到曬穀場上。

曬穀場上此時曬著一地麥子，姥爺正端著旱煙袋，一臉悠閒地蹲在場邊上抽著煙。

姥爺微微側頭看了我一眼，渾濁的老眼微微瞇起，臉上帶著一抹大有深意的笑容，問我道：「想學麼？」

「想。」我非常堅定地點了點頭。

「為什麼想？」姥爺緊跟一句追問道。

「我想幫助那些冤魂，不讓它們受那麼多委屈。」

「好，那敢情好。走吧，咱們先做午飯去，等下你爸媽回來了，我和他們說一聲，你就跟我走吧。」姥爺說著，微笑著起身，磕了磕煙斗，長舒了一口氣，看著遠處，有些感嘆地自言自語道：「總算有人能接下這個手藝了，我還以為這門活計傳到我這兒，就要失傳了呢。」

中午，爸媽從地裏回來吃飯。姥爺和他們說了一下自己的打算，準備帶我走。爸媽商量了一下之後，問我願意和姥爺一起走麼，我使勁地點頭。於是爸媽也不再猶豫，對姥爺說：「爸，你帶大同走可以，不過也別強求他，這孩子要走什麼路，最好讓他自己選。」

臨走的時候，姥爺讓我給爸媽磕了頭。爸媽看到姥爺帶我離開，神情很傷感，好像我會一去不復返似的。

姥爺帶著我先來到了二鴨子淹死的山湖邊上，對我說：

「大同，試試看，能看到什麼不？」

這時是午後兩三點鐘，微微西斜的陽光金亮地照下來，照得整個湖面亮閃閃的，有些晃眼。湖面上波光粼粼，山風吹來，人站在湖邊很舒服。

我皺著眉頭，努力地把湖面看了一遍，也沒看到什麼奇特的地方，只好有些疑惑地看向姥爺，問他到底要看什麼。

姥爺神秘地一笑，拉著我在岸邊一塊大石頭上坐下，用粗糙的大手微微按著我的後腦勺，對我說：「彎腰，低頭，瞇著眼睛，對，用眼角的餘光貼著水面，細細地看，用你的心去看，找找那種感覺，能看到嗎？」

聽了姥爺的話，我按照他的說法，微微低頭彎腰，眼角餘光貼著水面，向湖中心延伸，這麼一看，立刻發現了異常，再仔細一看，驚得我全身一顫，整個人觸電一般猛然坐直了身體，哆嗦著抓住了姥爺的手。

「看到什麼了？」見到我的樣子，姥爺知道我看到了，很興奮地問我。

「紅，紅色的，水霧，好像有人。」我抬眼看著姥爺，對他說道。

「嗯，在哪裡？」姥爺掏出旱煙袋，悠悠地吸了一口，然後問我。

「就在湖中間，那裏。」我指著湖，對姥爺說。

「嗯，那咱們過去吧，那裏應該就是那個女人淹水的地方，咱們幫她收了屍，好好安葬，不管怎麼說，也算是有緣。」姥爺說完，在湖邊找了一條餵魚用的小木船，然後載著我向湖中心划去。

我坐在船艙裏，途中又好幾次用姥爺說的方法去看。湖面上，隱隱約約飄蕩著一團血色的紅霧。霧很稀薄，如同觸手一般，從水底下延伸上來，在水面上飄飄搖搖，似乎在召喚什麼人似的，很是駭人。

一直來到血霧的邊上，姥爺才停下船，他站在船艙裏，端著旱煙袋抽了兩口，對著湖面自言自語道：「仇雖然報了，但怨氣還是沒消啊，咱們要是不幫她收拾一下，以後還是要害人的。」

「姥爺，怎麼收？要下去撈嗎？」我看著姥爺，有些好奇地問道。

「不用，等等吧，到了晚上她自己會上來的，你到時和她說說吧。」姥爺說完，在船艙裏坐下來，瞇著眼睛看我，花白的鬍鬚一動一動的，有些感嘆地嘆了一口氣，吐了一大口煙，對我說道，「姥爺老了，已經看不到了，只能靠你了。」

我就問姥爺我要和她說什麼。姥爺說，你想說什麼就說什麼，主要還是看她想幹什麼，你到時候聽她安排就行了。我猜她應該已經沒有什麼掛念了，大概也想找個地方安穩下來，你問問她想去哪裡就行了，我們送她過去。

聽了姥爺的話，我似懂非懂地點點頭，然後就趴在船邊上玩水，後來就有些累了，不知不覺地睡著了。

在夢裏，我又看到了那團血紅的霧，只是這次霧不再模糊，越來越清晰，最後變成了一個人影。

那是一個穿著一身大紅衣衫的女人，黑油油的長髮一直垂到腰上。她站在水裏，微笑地看著我，似曾相識，但是又那麼陌生。

我下意識地想要站起身來，發現自己動不了，我想叫喚，但是也叫不出聲音。我抬眼四處看著，想看看姥爺在不在，卻發現自己居然已經不在船上，而是在水下了。

四周是冰涼的湖水，我就那麼緩緩地向下沉去，右手感覺到柔軟和冰涼，側眼看時，才發現何青蓮正拉著我的右手，拖著我一路向下沉去。

一開始，我有些緊張，以為自己會淹死，但是後來發現自己居然沒有憋氣的感覺，才放鬆下來，任由她拉著我一路往下沉，直到湖底。

湖底都是污泥，污泥上長著一團團水草。水草的中間，有一個微微隆起的土堆，土堆中有一個黑乎乎的大洞。那個土堆我看著很眼熟，但是卻已經不那麼恐怖了。

我隨著紅色的身影一直來到黑洞上方，然後看到她一點點陷進黑洞之中，先是雙腿，然後是上半身，再是黑色長髮，最後是拉著我的右手的冰涼的手。

只是，那手沒有完全陷入黑洞之中，而是一直握著我的右手，然後突然一抖，如同風化了的岩石一般，在觸碰之下，開始散碎坍塌，脫落了表皮和血肉，露出了白骨。

那截白骨依舊緊緊地攥著我的右手，如同鐵鉗一般扣著我的手掌，我不明所以地看著這一切，一時間很疑惑，不知道該怎麼辦。

就在這時，我猛然感到全身一陣冰涼，同時感到腰上一緊，低頭一看，才發現自己的腰上居然繫著一根麻繩，一直向水面延伸上去。

與此同時，我開始感到窒息，咕咚咕咚喝了兩口水，全身恢復了知覺。

「大同，抓住了，不要鬆手！」就在我掙扎著想要逃到水面上的時候，耳邊傳來了姥爺的喊聲。

我連忙閉上眼睛，雙手用力抓住那隻白骨手臂，腰上的麻繩一下就收緊了，拖著我一路向上飄，最後來到水面上。

「啊，呼——」我躍出水面，還沒來得及看清四周的狀況，就大口呼吸起來。姥爺伏身接住了我手裏抓著的那隻白骨手臂，把我拖進了船艙裏。

「看看，就是這個。」這時姥爺從水裏拖了一個東西上來，放進船艙裏，扔在我的腳邊上。

我借著月光低頭一看，不由得全身打了個寒戰。幽幽月光下，我的面前躺著一具完整的人形骷髏。骷髏身上沒有衣服，但是周身都纏滿了已經銹蝕的鐵絲，鐵絲裏面還有一些卡住的石塊。

「就，就是她，她是被綁著鐵絲，墜著石頭沉下去的。」我有些神經質地向姥爺大喊道。

姥爺一邊抽著旱煙袋，一邊搖著船櫓，吐了一口青煙道：「張家的人都被她殺光了，也算是報了仇了，哎，冤冤相報，作孽啊。」

我癡癡地看著那具白骨，感覺全身一片冰涼，有些害怕，又有些難過。

青燈鬼話

這是咱們祖師爺偶然得到的古書，
這上面的字你看不懂，姥爺講給你聽。
這套書名字叫《青燈鬼話》，是咱們的鎮派之寶。
這竹簡可是有年頭的，越老的東西，就越珍貴，懂麼？

回到岸邊，姥爺將白骨上的鐵絲都拿下來了，然後領著我，拖著白骨來到水壩最東邊的山坳裏，找了一堆乾柴，把白骨放上去，點火燒了起來。

「姥爺，為什麼要燒她？」我看著大火，有些疑惑地問姥爺。

「骨頭帶著不方便，燒了，帶骨灰就行了，她有沒有告訴你要葬在哪裡？」姥爺蹲在火堆邊，瞇眼問我。

「沒說。」我看著姥爺說道。

「咦？」姥爺的眼睛有些放光地看了看我，又瞇眼笑了笑，沉吟道：「看來，她有心啊。嘿嘿，大同啊，這樣好了，既然她沒說，那我們就給她選個地方吧。等下你把她的骨灰裝在這個罈子裏，帶上跟我走，我們把她葬在咱們後山上好了。」

大火燒完了，只剩下一堆黑色灰燼，我小心翼翼地把那些骨灰都裝進一只黑色小罈子裏，然後背著那只罈子，跟著姥爺，摸黑走夜路，向姥爺家裏走去。

第二天一大早，吃過早飯，姥爺帶著我，把何青蓮的骨灰埋在後山的一棵老松樹下。

姥爺的房子前面是一條大河，叫沭河，後面是一片沙土地，再過去，是一片樹木蔥蘢茂盛的山頭，那個山頭沒有名字，當地人叫它「沭河沿」，意思是河岸，但其實是座不小的山。

埋好了何青蓮的骨灰，姥爺帶著我回到房間裏，拿了一條小板凳讓我坐下，然後就看著我若有所思地點點頭，抽了兩口旱煙袋，走進存放雜物的一個小隔間裏鼓弄了一會兒，搬出了一口大木箱子。

那個大木箱子塗著黑漆，由於年月久了，上面的黑漆剝落了很多，斑斑駁駁的，一看就知道是很老的東西。

「呼——」姥爺把大箱子放在屋子中間，把上面的灰塵吹掉，喘了口氣，把箱子打了開來。

「大同，看看吧，這是咱們祖師爺留下的寶貝，以後你用得著。」姥爺滿臉堆笑地對我說道，那模樣很是驕傲。

我滿臉好奇地趴到箱子邊上，仔細地看了起來。箱子裏裝了很多東西，但是我卻基本都不認識。

箱子裏有很多東西，最多的是捲成一捆捆的竹片，後來姥爺告訴我說，那是竹簡，是一種書。除了竹簡之外，還有一個黑漆的木頭靈牌，上面寫著一些字，但是我那時候還沒上學，不認識。

箱子裏還有一些小玩意兒，有桃木小刀劍，這個我之前見過，知道可以對付髒東西。還有一疊油黃色的畫著紅字的草紙，一串有些生銹的鈴鐺，一串佛珠，一把黑漆木尺，以及幾個用紙紮成的小人。

小人一共七個，有男有女，只有三寸長，但是有眉有眼，有的神情哀傷，有的面帶笑容，栩栩如生，非常可愛。

我一眼就相中了那些小人，伸手就要去拿。

「等等。」姥爺連忙把我的手擋住，對我說，「要拿法器，得先拜師。」

「拜師？」我有些好奇地抬頭看著姥爺。

「大同，你聽好了，姥爺這門活計，無門無派，也沒有名字，就是和死人打交道，古時候叫做陰陽師。聽名字好像很厲害，其實也就是驅驅鬼，避避邪，給人看看相什麼的，和那些嶗山、茅山的大仙比起來是差遠了。你要是學了姥爺這門活計，第一件要記得的事情，就是低調，不到萬不得已，不能洩露自己的身分，知道嗎？」

姥爺把箱子裏那個靈位拿出來，擺到桌子上，吹了吹灰塵，對我說：「來，對著祖師爺的靈位磕個頭，就是拜師了，沒有太多規矩。」

「噢，好。」我給那個靈牌磕了頭。磕頭的時候，心裏只是想著等下可以玩小人，根本就沒聽清姥爺說了些什麼。

拜完師，姥爺彎腰在箱子挑了半天，最後拿了一個眉開眼笑的女娃娃遞給我：

「喏，給你，拿去玩吧，別弄壞了，這個叫歡喜傀，你就從這個開始練吧。」

我接過小娃娃，捧在手裏玩耍起來。

看到我玩得開心，姥爺滿臉慈祥地笑著，把靈牌收進了箱子，然後端著旱煙袋抽著，瞇著眼對我說道：「大同啊，你過來，聽姥爺給你說點事情。」

見到姥爺的表情有些嚴肅，我很聽話地走過去，坐到他旁邊的小板凳上，抬頭看著他。

「大同，姥爺先給你說說咱們這門活計。咱們大概做哪些事情，你現在心裏有數了沒有？」

「咱們是和死人打交道的，是麼，姥爺？」我很天真地抬頭看著姥爺。

「嗯，咱們的活計就是和死人打交道。死人陰氣很重，不管是死屍還是魂魄，總之都是陰髒的東西，所以，一旦入了這門，一輩子陰氣纏身，自己就是個陰煞。這樣的人，剋父剋母，六親不認，注定一生孤苦，除非，除非有難得的奇遇，不然的話，很難過正常人的生活。所以，大同，你要是真想學這門活計，就要先考慮清楚才行，打從今天起，你不能再見你爸媽了，明白嗎？」

姥爺說著話，神情有些凝重地看著前方，旱煙袋的青煙瀰漫在房間裏，散都散不開。

那時候，我還不是很明白姥爺的話，只覺得不能再見爸媽是一件很傷心的事情，所以有些難過地低下頭，抹抹眼淚，對姥爺說：

「姥爺，你放心吧，我考慮清楚了，我要學，你教我好了。不過，我學了這活計之後，要幹什麼去？是不是還要去找那些和何青蓮一樣的女鬼，幫她們報仇啊？」

這個時候，何青蓮遺留給我的怨恨和仇情的記憶，還沒有從我的意識中消失，也可以說，我之所以這麼執意地要和姥爺學這門活計，主要的原因就是這個。

姥爺微笑地搖搖頭，對我說：「不是為了報仇，頂多也就是主持公道，反正啊，一切看際遇，你以後自己就明白了。」

我點了點頭，「姥爺，那你開始教我吧，我現在就學。」

姥爺微笑瞇眼地拍拍我的頭，說道：

「別急，慢慢來，咱們有的是時間。對啦，大同，你該上學了吧？明兒我給你去學校問問。以後，你就一邊學活計，一邊上學，兩邊不耽誤，長大啦，有學問了，也能走出去，不要像姥爺這樣，在農村蹲一輩子。」

「嗯，好，姥爺，那你先教我一點活計吧，我先學一點好麼？」見到姥爺一點也不著急，我反倒有些心急起來。

姥爺笑了起來，點點頭道：「好吧，那咱們就先從天目開始學吧。」

姥爺磕磕旱煙袋，重新裝了一袋煙，一邊抽著，一邊從箱子裏小心翼翼地捧出一卷竹簡，然後平鋪在桌上打開，瞇著老眼，看著竹簡上的字，對我說道：

「這是咱們祖師爺偶然得到的古書，這上面的字你看不懂，姥爺講給你聽。咱們這套書，名字叫《青燈鬼話》，是咱們的鎮派之寶。你瞧瞧這竹簡，這可是有年頭了的，這越老的東西啊，就越珍貴，懂麼？」

「哇，姥爺，這書上寫了什麼，是不是武功秘笈，是不是學了就很厲害了？」我雖然沒上學，但是從小聽母親講過很多稀奇古怪的故事。

姥爺呵呵一笑，用旱煙袋敲了我的腦袋一下，對我說道：

「誰告訴你這些的？都讓你媽媽教壞了，什麼武功秘笈，那都是騙人的。這本書不是秘笈，就是一本故事書。」

「故事書？那有什麼用？」我有些失望地摸了摸腦袋，滿心遺憾。

「這故事書上面啊，說的是一位法力很高強的老前輩收妖驅鬼的故事，很有借鑒作用啊。你看這第一篇，講的就是天目的故事。」姥爺用旱煙袋敲敲竹簡，問我，「知道啥叫天目麼？」

「不知道，是什麼？」我的心情已經安定下來，雙手托腮，很認真地聽姥爺講話，那個小人也被我裝進口袋裏了。

「天目就是陰眼，嘖嘖，書裏面的那位前輩高人，就是因為天生陰眼全開，所以最後修煉得很厲害啊。」姥爺低頭看了半天竹簡，然後才直起身，「陰眼這東西，其實就是人的第三隻眼，人小的時候，陰眼都是開著的，但是長大之後就沒有了，退化啦，姥爺就是退化了。沒了陰眼，就看不到陰物，所以啊，咱們這門活計啊，首先就是要有一隻好陰眼。大同，你現在就有一隻陰眼，所以，你學這個活計，再好不過啦。」

「姥爺，我有陰眼麼？我怎麼不知道？」聽到姥爺的話，我很好奇，因為我長得很正常，臉上只有兩隻眼睛。

姥爺呵呵一笑，說：「陰眼只是個說法，其實是一種能力，就是能看到陰物的能力。大同，你能看到那個女鬼，就說明你有陰眼，這種能力很少見啊，你以後多練習，保持住這種能力，肯定有很大用處。」

「姥爺，那要怎麼練？」

「晚上多出去轉轉，對了，後山上那個女人，你沒事可以找她聊天，多看看她，跟她在一起待的時間久了，身上陰氣重了，陰眼的能力也就保持住了。」姥爺的目光落到我的手上，「把那個娃娃拿出來吧。」

那個女娃娃是用一種很奇怪的材料做的，好像是紙，但是又比紙結實，很有彈性，不容易弄壞。

姥爺說：「這個叫歡喜傀，是用來控制小鬼的。小鬼知道麼？你看到的那個女人，也是小鬼，你要是願意，用這個可以控制她；不過，得有一點她的骨灰或者頭髮什麼的。這個控制小鬼的方法比較麻煩，要慢慢學才行。」

「要是有了骨灰和頭髮，要怎麼弄？」聽到姥爺那麼說，我很好奇，想找個機會試試看。

「記得姥爺和你說過麼？魂魄都是需要屍體才能存活的，你要是能夠搞到頭髮或者骨灰，只要把那些東西塞到這個小娃娃的肚子裏，然後再把這張紙符貼到小娃娃的腦袋上，就能控制小鬼了。你拿著小娃娃，讓它走路，小鬼就跟著走路，讓它打人，它就打人。好玩不？」

姥爺把小娃娃遞還給我，從箱子裏拿出一張黃色草紙符，遞給我，「就是這張符，你帶在身上，說不定能用上。」

姥爺又問我：「桃木小刀怎麼用，懂麼？」

「這個我知道。」

「嗯，桃木小刀只是為了帶著方便，其實只要是桃木的都有用。以後要是遇到意外情況，沒有法器的時候，隨手折一根桃樹枝，吐幾口唾沫上去，一樣有用。」姥爺把桃木小刀塞進我的口袋裏。

「吐唾沫做什麼？」

「唾沫帶著人的生氣，那些髒東西最怕這個。」姥爺磕磕煙袋，「還知道其他法子麼？」

「中指血，好像也很厲害。」見姥爺問起這個事情，我立刻想起了那天晚上和何青蓮幹架的場景，心裏不由得有些得意，開始賣弄起來。

「嗯，不錯，還有嗎？」姥爺很高興地繼續問我。

「童子尿，我自己就有！」我興奮地對姥爺說。

「對，對。」姥爺眯著眼睛，「記住啊，大同，童子身是陰陽師的命根子，以後你長大了，可不能隨便失去，知道麼？」

「嗯，知道。」我連忙點頭答應姥爺，但是其實我不知道姥爺說的是什麼意思。

「嗯，好，大同，你的靈勁很足，知道的東西不少，憑藉你現在這些方法，一般情況下，自保是肯定可以啦。不過嘛，要真正打敗那些髒東西，還得多學東西，來，姥爺再給你看一樣寶貝。」姥爺翻開大箱子，拿出一把黑漆木尺，遞給我說，「試試看，有什麼感覺。」

我接過尺，立刻感到全身一震，大腦如同被人打了悶棍一般，轟的一聲響了起來，接著眼前突然一黑，全身都陷入了冰冷之中。

在這漆黑冰冷之中，我赫然看到手裏那把黑尺居然開始嘀滴答嗒地滴出了一些液體，落到我的腳邊，仔細一看，居然是血！

「嗚嗚嗚，呀呀呀呀——」

我的耳邊聽到了一陣陣撕心裂肺的慘叫聲，那尺裏似乎有無數的冤魂，都在掙扎著、號叫著，無比痛苦。

「啊！」我大叫一聲，甩手丟掉了尺，抬頭看時，才發現外面陽光明媚，天氣很炎熱，自己還在人間。

「嘿嘿，怎麼樣？厲害不？」姥爺彎腰撿起尺，重新放進箱子裏。

「好，好可怕，姥爺，那是什麼東西？」我有些心有餘悸地問姥爺。

「這個是收魂尺，咱們祖師爺的寶貝，我都沒有力氣使喚，以後啊，你說不定可以用。這玩意兒要是能用起來，說不定還能和那些嶗山、茅山的大仙比試比試，嘿嘿。」姥爺把箱子蓋起來，重新拖進小隔間裏。

「好啦，大同，寶貝見識了，咱們開始講故事吧。祖師爺的古書上有很多故事，你仔細聽。」姥爺留了一卷竹簡在桌上。我不由興致大起，滿臉興奮地趴到桌邊。

姥爺用顫巍巍的大手翻著竹簡，對我說道：

「就這個了，河神，嘿嘿，你小子上次衝撞了一個河神，正好給你講一講，讓你知道厲害。」

「嗯嗯，姥爺，快講，快講。」

姥爺呵呵一笑，抽著旱煙袋，慢慢講道：

「這書上說是古時候的越國，有一條很大的河，叫烏龍渠。烏龍就是黑色的大龍，那可是最凶煞的東西。這河叫了這麼個名字，肯定不是好兆頭。這烏龍渠每年都要淹死一個人，就是河神在找替身。所以當地人就請了一個道士來除妖，當時這位前輩高人正好路過，就撞上了這個事情。」

「姥爺，這個前輩高人叫什麼名字？是祖師爺麼？」我把心裏的疑問提了出來。

「祖師爺是祖師爺，咱們這位前輩高人自稱青燈居士，不知道名字。」

「那祖師爺叫什麼名字？」

「祖師爺叫燈下黑，也不是真名，對了，大同，你以後也不能用真名。出生日期也不能說真的。我給你取個名字吧，就叫方曉，出生日期你自己編一個就行了，知道麼？」姥爺找了一個小石子，在地上寫了兩個字，「學著認，這個就是你的學名，方曉，記住了啊。」

我看了看那兩個不認識的字，催促姥爺繼續講故事。

「青燈居士雲遊路過越國，被人家當成大仙，請去抓河神了。那時候，他年輕氣盛，自以為法力高強，結果河神沒抓著，還惹怒了河神，當天就興風作浪，下起了連綿大雨。大雨一下一個月，山洪爆發，河水氾濫，把河道兩岸的村莊都淹了，淹死的人堆成了堆。大水發完，又鬧了瘟疫，死的人更多，到處都是死人，臭氣瀰漫了好幾里地。」

姥爺說到這裏，用旱煙袋頭子磕了我的腦袋一下，很嚴厲地說道：

「土地神、河神、山神、瘟神，哪怕是太歲那種凶煞的東西，都是冥簿上有名有姓，閻王加封過的正牌鬼神職位。既然是正牌的，可不能像對小鬼一樣隨便冒犯。所以啊，你要切記，驅鬼辟邪可以，但是不能冒犯這些正牌鬼神，不然的話，可是要惹大禍的，明白嗎？」

「噢，明白，那他們是正牌的，怎麼也害人？」聽到姥爺的話，我雖然嘴上同意，但心裏還是有些不服氣。

「什麼叫害人？那些換班的都是命中注定、閻王欽點的，死了能當個鬼差就不錯了，總比那些孤魂野鬼好。你小子，人雖小，但有傲氣，我知道你不信這個邪，以後你就知道了，閻王好過，小鬼難纏啊。這些鬼差可都不是好惹的，以後你可要注意點，千萬別惹到他們，不然的話，肯定要出事。」

姥爺說完河神的故事後，又從櫃子裏拿出了一疊草紙、一枝毛筆和一個硯臺。

姥爺把紙鋪開，用毛筆在一張紙上寫了兩個字，說是我的新名字，讓我照著寫。又在另外一張紙上畫了一個古怪的符文，說是辟邪符，讓我照著畫。

我第一次用筆，趴在桌子上，一點一點地學著畫起來，不知不覺一直畫到了晚飯時間，才畫出一張像樣的，但名字還是寫得歪歪扭扭的。

春末夏初，收麥子的時候到了，地裏的西瓜也結了好多。

傍晚天快黑的時候，姥爺回來做了飯，還帶回了一個大西瓜。我們一起把吃飯的桌子搬到河邊的老柳樹下，端來兩碟小菜和米飯，還有一壺老酒，西瓜也切開了。我還沒吃飯，就先抱著一塊西瓜吃得滿嘴流汁。

姥爺則是自斟自飲地喝老酒。在喝酒之前，他先端了一杯酒走到河邊，倒進河水裏，喃喃自語說請河神大人保佑咱們村風調雨順，五穀豐收。

我知道姥爺是在敬河神，就問姥爺，怎麼看不到河神的影子。姥爺說這位河神剛接班，還沒完全進入狀態，要過一段時間才能看到。

晚上，我躺在床上翻來覆去地睡不著，索性起身開門，想吹吹涼風，透透氣。東邊天空掛著好大一個白月亮，大半圓的，亮堂堂的。夜風有點大，刮過樹梢的時候發出嗚嗚的聲音。

我對著涼風吹了一會兒，感覺呼吸順暢了很多，想到了白天姥爺和我說過的事情。他說我有陰眼，能看到陰物，而且還說讓我有空多去找那個何青蓮。

我想既然睡不著，不如去後山轉轉，看看能不能看到那個何青蓮，驗證一下姥爺的話。

在我印象裏，姥爺的房子周圍只有一個鬼魂，那就是何青蓮的鬼魂。可是，就在我路過河邊那棵樹的時候，卻猛然看到老柳樹下背著月光的樹蔭裏，竟然站著一個黑影。

那黑影看樣子是一個成年男人，那麼無聲無息、一動不動地站在那兒，大半夜的，著實嚇人一跳。

我雖然膽氣壯多了，但是也被嚇得全身一顫。我下意識地用手握住腰上的桃木小刀，一點點地向前移動，出聲問道：

「你，你是哪個？」

那個黑影微微動了一下，接著抬腳向前走出了柳樹陰影，來到距離我不遠的地方，滿臉好奇地看著我。

我這時候才看清那個人的模樣，他上身穿著舊式中山裝，下身是粗布褲子，腳上是一雙帆布鞋，全身都濕漉漉的，滴著水。

這個男人大概四十歲，緊皺著眉頭，面皮清白，眼神很陰暗，眼眶裏好像沒有眼珠一般，空洞洞的，很奇怪。

這個人走到我面前，微微俯身看著我，皺眉沉吟了一下，問道：

「我的汽車呢？」

「汽車？什麼汽車？」

我疑惑地反問，隨即想到了什麼，再次抬頭看著這個人，終於記起來了。這個人就是上次淹死的那個司機。

他應該是新一任的河神，但是為什麼他還要找自己的汽車呢？

「你的汽車被開走了。」我指了指河上的漫水橋。

「開走了？誰開走了？那汽車是公家的，他們幹嘛把我的車開走？」這個人聽到我的話，居然有些發怒地低聲吼了起來，接著朝我大步衝過來。

他向我衝過來的時候，我明顯感到一陣濕冷的氣息撲面而來，沒來由地打了一個寒戰，不禁回頭撒腿就跑，嘴裏大喊道：

「別殺我，不是我偷你的車的，我不會開車！」

「哈哈哈！」

第七章

黑白老頭

何青蓮帶著我們來到一處微微隆起的土坡上。
土坡中間擺著一張古樸的小桌子，桌子邊上坐著兩個老人。
那兩個老人，一個是白頭髮白鬍子，另一個則是黑頭髮黑鬍子，
我心裏就叫他們黑白老頭子。

我跑了一會兒之後，感覺身上不那麼濕冷了，聽到後面傳來一陣低沉的大笑聲，知道那個人沒追過來，於是停下來，回頭一看，卻發現後面根本就沒有人影。月光照在河邊沙地上，一片銀白，沙地上有一排濕潤的腳印，好像是人踩出來的，但是又非常淺。我心裏不由得充滿疑惑，也有些害怕，猶豫著要不要繼續去後山看何青蓮的墳。

我正猶豫的時候，一陣清冷的風從後山方向吹了過來，接著，我隱隱約約聽到了淒涼柔婉的歌聲。我不由得心神一振，一種熟悉親切的感覺湧上心頭，我不由自主抬腳向後山跑了過去。

我認得那個聲音，正是何青蓮的。我猜她這會兒應該也是睡不著覺，所以出來唱歌了。

我來到姥爺屋後的西瓜地邊上。此時月光照在瓜地裏，山風吹著，瓜地裏泛起一層層灰黑色的浪，是瓜葉在動。

我找準方向，沿著瓜地邊上一條小土路向前走，但是還沒穿過瓜地，就發現了異常。我眼角瞥到瓜地的另外一頭，靠近山腳樹林的瓜秧子裏，似乎有一個黑影在一動一動的，甚至還能聽到一陣陣低沉的「哼哧哼哧」聲。

我馬上明白了，這個黑影不是冤魂，不是鬼怪，而是一個人，一個偷瓜賊！

這個時節，西瓜剛成熟不久，每年這個時候都會有人來偷瓜。而且看樣子，那個偷瓜賊還是個小孩，個頭不高，比我還矮一點點，穿了一身黑衣。

我沒有想到，居然有小孩比我的膽子還大，為了吃西瓜，走這麼遠的夜路來偷瓜。要知道，姥爺的西瓜地離村子至少有一兩里路。

因為這小子也是賊大膽，所以我心裏對他有些敬重，就沒去叫醒姥爺，而是抓了一根樹棍，彎著腰，悄悄沿著瓜地邊上的地壟子摸了過去。

有地壟子的遮擋，我一路摸到瓜地的另外一頭，來到距離那個偷瓜小賊不到一丈遠的地方才突然跳出來，拿著樹棍指著小賊，大喊道：

「喂，偷瓜呢！」

「唔呀！」那個小賊顯然沒有想到有人會發現他在偷瓜，而且已經離他這麼近了。我一喊，那小賊全身一哆嗦，蹦起老高。

等他看清我之後，竟然很快就鎮定了下來，很不屑地「切」了一聲，居然抱起一個大西瓜就向樹林裏跑去。

我不禁大怒，喊了一聲：「別跑！」拿著棍子就緊緊地追了上去。

樹林裏亂樹交錯，雜草叢生，還有一些藤蔓老是絆腳，所以，晚上在樹林裏跑是一件很吃力的事情。

夏天夜裏露水重，再加上這片樹林就在河邊，露水就更多了，我在樹林還沒跑遠，身上的衣服就濕透了，胳膊被刺木柴刮破了好幾道口子，還絆了一跤，跌了個狗啃泥，差點掉到樹洞裏去。

我心裏的火氣越來越大，恨不得把那個小賊狠揍一頓。讓我納悶的是，那個小賊抱著一個少說也有五六斤重的大西瓜在樹林裏跑，速度竟然一點都沒有慢下來，甚至比我跑得還快，好幾次我都差點追丟了。

但是，我就是這麼個脾氣，越是難辦的事情，我就越有勁頭，所以，雖然追得很費勁，我一直沒有放棄，貓著腰死死地盯住了那個小賊，悶頭追著。

我一邊追，一邊衝那個小賊大罵道：「快點把西瓜放下，不然我追到你家裏也要抓住你！」

可能是被我的話嚇到了，小賊跑到一片齊腰深的茅草叢裏之後，竟然真的丟下西瓜，自己溜了。

我跑到茅草地裏，把丟下的西瓜撿了起來，抱在懷裏查看了一下，發現西瓜皮雖然被刮得有些花，但是還沒有摔裂，心裏鬆了一口氣，就不再追了，有些氣呼呼地對著樹林大罵了幾句，就準備回去。

這時，我忽然聽到一陣尖細的聲音從頭頂的山坡上傳了過來。我下意識地抬頭一看，發現山坡上有一株蒼虬的老松樹，月光從老松樹的另外一面照下來，老松樹下站著兩個黑影。

那兩個影子，一個身材苗條高挑，可以看出是一個女人。女人的頭髮很長，一直垂到腰上，她穿著一條長裙，裙擺拖到地上。女人背對我站著，她的側前方，是一個瘦小低矮的黑影，是一個小孩。

我一眼就認出來，那個小孩正是偷瓜賊，不由得有些憤怒地對那個女人大喊道：「喂，你怎麼不好好管管你家小孩，大半夜來偷瓜，不學好！」

聽到我的喊話，那個女人沒有回答我，她微微蹲下身，看著那個偷瓜小賊，問他：「小黑子，你怎麼去偷西瓜呢？偷東西是不對的，知道嗎？」

「大姐，你以為我想啊，還不是那兩個老東西喝酒缺下酒菜，讓我來偷西瓜的嗎？他們說山下那老頭和他們有交情，讓我儘管去摘，誰知道跑出來這個毛頭小子，追了我半天，累死我了！」小賊說完，一屁股坐到地上，哼哧哼哧喘著粗氣。

「呵呵，原來是這樣。」女人站起身來，然後緩緩轉身，向我走過來。

女人輕輕嫋嫋地走近，她的面容也越來越清晰，當她走到距離我一丈遠的時候，我已經認出她了，而且我發現她在月光下沒有影子，就更加確定了。

「你，是何青蓮？」

「大同，把西瓜給小黑子吧。」何青蓮走到我身邊，很溫柔地對我說，向我伸出了白白的手掌。

我不禁哆嗦了一下，畢竟，這還是我第一次直接和鬼魂對話。一時間，我都懷疑自己是不是在做夢。

但是，看著何青蓮那麼真實地站在我面前，我鎮定了下來，有些疑惑地把西瓜遞給她，問道：「你，在這裏住得好麼？」

「很好啊。」何青蓮抱著西瓜，對我輕輕一笑，然後轉身對著偷瓜小賊招了招手。

何青蓮把西瓜給了那個小賊，說道：「小黑子，你拿了人家的西瓜，也要回報人家才對，走吧，我帶你們一起去見見二老。」

「我可沒東西回報他。」偷瓜小賊嘟囔道。

「沒事，我有辦法。」何青蓮走到我身邊，拉起了我的手臂，我感覺她的手很涼。

何青蓮一手拉著我，一手拉著小黑子，領著我們飄飄悠悠地向樹林深處走去。

我被何青蓮拉著，迷迷糊糊地跟著她一路向前走，身體有些不聽使喚，心裏也有些莫名的害怕。

四周起了一層很濃的白霧，月光都暗淡了許多，我感到全身幾乎沒有重量。這讓我心裏有些沒底起來，本來我以為自己已經很厲害了，沒想到，真正遇到鬼魂還是這麼沒用。

幸好，我知道何青蓮這時候對我沒有惡意，而且她也沒有什麼怨氣了，不然的話，真不知道自己又要遇到怎樣恐怖的事情了。

我一路胡思亂想著，被帶到了一處靠近河邊的開闊平坦的蘆葦叢邊上。

月光照在蘆葦叢上，夜風吹過，翻過一條條銀白色葉浪，蘆葦互相摩擦出沙沙聲，如同細語一般連成一片。

「就在裏面。」小黑子指著蘆葦中央，嘟囔了一句。

何青蓮微微點了點頭，帶著我們分開蘆葦往中間走，一直來到一處微微隆起的土坡上。土坡上長滿了細長的茅草，中間擺著一張古樸的小桌子，桌子邊上坐著兩個老人。

那兩個老人，一個是白頭髮白鬍子，另一個則是黑頭髮黑鬍子，我心裏就叫他們黑白老頭子。

黑白老頭子看到我們，黑鬍子老頭有些生氣地拿著一根木頭拐杖去敲小黑子的腦袋，責問道：「小子，讓你去摘個西瓜都這麼久，又跑哪裡玩去了？」

「哎呀呀，黑爺爺，你冤枉我了，我沒有去玩啊，是被這個小子追了半天，還差點被他打了，不然早就回來了。」小黑子雖然被責打，依然很恭敬地把西瓜放到了桌子上。

「哼，還找藉口，還不快點給老子倒酒，把西瓜切開！」白鬍子老頭也拿著拐杖敲小黑子的腦袋。

小黑子連忙跪在地上，斟滿酒，然後雙手端給他們。

兩個老頭子就這樣一邊吃著西瓜，一邊喝著酒，嘴裏嘰哩咕嚕地唱著聽不懂的歌，很快活的樣子。我坐在他們旁邊的草地上，完全被忽略了，無聊得快睡著了。

何青蓮一直靜靜地站在我身邊，一直等到兩個老頭子都喝得醉醺醺了，這才走上前對他們說：「兩位爺爺，這位小朋友說，他們家的西瓜是最甜最好吃的，他姥爺喝的酒也是最香最好的，他打賭你們的酒沒他姥爺的酒好。」

「哼，你這個小丫頭，居然敢說我們的酒不好，你，你可知道我們這是什麼酒麼？就說這酒沾了你兩位爺爺的鬍渣和口水，都算是仙酒了，知道麼？你居然敢說我們的酒不好，信不信爺爺把你當下酒菜吃嘍？」黑白老頭子一齊醉醺醺地罵了起來。

何青蓮立刻現出了驚慌的神情，接著把我拖到她的面前，把我當成擋箭牌，對黑白老頭子說：「兩位爺爺，這話不是我說的，是這位小兄弟說的，你們二老要是不信啊，可以把你們的酒給這位小兄弟喝一口，他自然就知道你們的酒好啦。」

「嗯，黑老怪，你覺得怎麼樣？要不給他喝一口？」

「嗯，給他喝一口吧！」

黑白老頭子商量了一下，伸手把我拽了過去，提起酒罈子，倒了一口酒在我嘴裏。

酒入口之後，我立刻感覺全身一陣火燙，嗅到一陣極為濃郁的香氣，整個人好像要飛起來了。

「怎麼樣？小子，知道爺爺們的酒好了嗎？」在我飄飄欲仙的時候，耳邊傳來了黑白老頭子的問話。

這時候，我已經有點明白何青蓮的意圖了，馬上讚不絕口地說：

「嗯，兩位爺爺的酒好，最好喝！」

不過，雖然那酒很好喝，卻很濃烈，我喝了之後，沒一會兒就醉倒了。

我朦朦朧朧地感到自己整個人飛了起來，飄在雲層之上，一個穿著大紅長裙的女人站在我身旁。

女人好像和我說了一些話，大概是說她要走了，已經報答過我了，讓我以後多多保重。然後女人如同雲煙一樣，變得越來越稀薄，最後消失了，而我也徹底失去了知覺。

一覺醒來，天已經亮了，我居然是躺在自己的床上，看來昨晚的事情，真的是在做夢。

吃早飯的時候，姥爺對我說，他要去附近鎮上的小學走一趟，看看能不能讓我去上學。姥爺囑咐我，他不在的時候別到處亂跑，在家好好看著西瓜地，多練練昨天他教我的符文和名字。

我的名字總是寫不好，一直寫到中午，我回到房間裏吃點了東西，然後重新回到瓜地邊上，就看到一個穿著黑衣服的小孩，正蹲在我畫符文和寫字的沙地上，撅著屁股，盯著地上看，一邊看一邊發出訝異聲。

「喂，你誰啊？」

那個小孩站起身，笑嘻嘻地走到我面前，上下打量著我，有些好奇地問：

「喂，你不認識我了？對啦，你在地上畫的那些是什麼東西？」

這時我才看清這個小孩的模樣，他穿著一身黑長衫，腰裏紮著黑腰帶，面皮白白的，眼睛很小，眉毛很濃，頭髮很黑，最奇怪的是他人那麼小，嘴上居然長了一圈黑色小鬍子。

我大概明白他是誰了，下意識地問道：「你是偷西瓜的？」

「嘿嘿，什麼偷啊，我拿了你一個西瓜，你不是也喝了我爺爺的酒了麼？扯平啦！」他又問我，「喂，長天老日的，無聊死了，你在這裏幹什麼呢？不如我們去玩吧，洗澡，去不去？」

我猶豫了一下，說道：「我不去，姥爺讓我看西瓜地呢，還讓我練寫字，你自己去玩吧，不過別去洗澡，河裏有水鬼。」

「切，就是個淹死鬼，有什麼好怕的？你放心，只要你跟著我，絕對沒事，我們可以抓魚呢。」

不過我沒有聽他的慫恿，我還沒有學會寫名字，有些著急。我蹲下來，在沙地上繼續練寫字，小男孩跟著我蹲了下來，問道：「畫啥呢？」

「寫字，以後我要去上學。」我隨口答道。

「上學好玩麼？」小男孩似乎想到了什麼，繼續問道，「對了，你叫方大同是不是？」

「不是，我叫方曉。」我記起了姥爺說的話，不能讓他知道我的真名。

「嗨，都一樣，我叫小黑子，那啥，繼續說上學的事情，上學好玩麼？」小黑子滿臉期待地問我。

「好玩啊，很多小朋友一起讀書寫字，坐在教室裏。」我一邊寫字，一邊對小黑子說。

「哎呀呀，我也想上學，你上學帶我一起去，好不好？」小黑子抓著我的手臂央求道。

「那不行，上學要交學費的，你有錢嗎？」我抬頭問他。

「錢？我沒有，那你有錢嗎？」小黑子反問我。

「我沒錢，但是姥爺有錢，他會給我交學費的。」我很得意地對小黑子說道。

「哎呀呀，我爺爺怎麼就沒錢呢？這麼多年也不送我去上學，他們壞死了，喂喂，小子，我們做個交易好不好？」小黑子湊到我身邊，一臉神秘地笑看著我。

我看著他白白的臉，皺了皺眉頭，心裏雖然不知道他到底是什麼東西，但是感覺他的生氣很足，不是什麼髒東西，就問他：「做什麼交易？」

「以後你放學回來，就把你白天學到的東西教給我，好不好？我拜你當師父，你教我寫字，我給你好東西吃，好不好？」小黑子從衣服裏掏出兩顆紅棗子，遞給我。

小孩子都喜歡吃零食，看到紅棗子，我接過來咬了一口，很甜，立刻爽快地答應了他的條件，對他點頭道：「行，那就這麼說定了，以後我學會寫字了就教你。」

「哈哈，好，你等著，我再去找些好吃的果子給你。」小黑子很開心地跑了，後來真的又帶了一大把棗子和桑葚過來，我們坐在地上，吃得滿嘴流汁。

吃完果子之後，天氣太熱，我們就一起去河裏洗澡，我也忘了水鬼和寫字的事情了，一玩起來就管不住自己了。我們用柳樹枝編了籠子，抓了好幾條又肥又大的草魚。

一直玩到晚飯的時候，小黑子才有些不捨地跑走了，我也不知道他跑哪裡去了，回到姥爺的屋子，才想起了練字的事情，連忙抓過毛筆，趴在桌上一本正經地寫了起來。

姥爺回來了，進門看到我正在寫字，他有些失落地嘆了一口氣。我就問姥爺怎麼了。

姥爺坐下來，點了一袋旱煙抽著，對我說道：「學費很貴啊，你現在要去上學，算是借讀，還要交什麼借讀費，要五百塊，這麼多錢，真有些難辦。」

那時候，我聽爸媽說到錢，最多也就一兩百塊錢。五百塊這麼多錢，姥爺肯定是拿不出來的，爸媽也拿不出來。

「姥爺，那怎麼辦？要不，我不讀書了。」我看到姥爺挺為難的，下意識地說道。

「那怎麼行？不讀書，以後怎麼有出息？你放心，錢不是問題，姥爺可以弄到錢，就是有些麻煩。我好幾十年都沒出過山了，不過也好，反正要教你活計，帶你出去歷練歷練也不錯，行啦，咱們吃飯，明天姥爺帶你出去轉轉。」

姥爺張羅著開始做晚飯，連檢查我寫字的事情都忘記了。

第二天出門，姥爺身上穿的不是平時的粗布衣服，換成了一件灰白色畫著黑白相間圓圈圖案的長衫，還戴了頂很高的帽子。姥爺說黑白圓圈的圖案是太極圖，讓我好好記著，以後用得著。

姥爺拿了一個小箱子，背在腰上，端著旱煙袋，領著我出門。

姥爺領著我來到最近的一個集市上，在集市最東頭一棵長得很茂盛、綠意蔥蘢的老榆樹下停了下來，然後他打開箱子，拿出一塊畫著人臉和太極圖的白布，鋪到地上，在白布旁邊地面上，用石子寫了一行大字。

「姥爺，你這是幹啥？」我好奇地問。

「給人算命。」姥爺神秘地一笑，問我，「想不想學？」

「想學，這個可以給自己算麼？」

「哈哈，你小子還真信啊。告訴你啊，姥爺會的活計很多，都是真功夫，但就是算命是假的，這個你就不用學了。姥爺這也是沒辦法，為了給你籌學費嘛，才出來擺個算卦攤子，不過姥爺也不是招搖撞騙的，咱們雖然不是真會算命，但是我們可以幫別人幹點別的事情，消消災，避避邪，反正不讓人家吃虧就是了。」

姥爺從懷裏抽出一疊油黃的草紙，然後拿毛筆在草紙上畫符。

姥爺又對我說：「你去路邊看著，要是看到穿著好衣服的，面色又很暗，或者身上背著黑影子的人，就把他喊過來。這樣的人肯定很有錢，而且是霉運當頭的，咱們幫他們祛除霉運，賺他點小錢，也不算虧心。」

我就跑到路邊，看著來來往往的行人，看了一會兒，果然發現有些人身上纏著一團黑氣，臉色灰黑，一副衰神樣。

不過，我發現那些衰神纏身的人，都是衣服破破爛爛的，一看就沒什麼錢，就沒去叫他們，坐在路口繼續等著。這關乎我的學費，所以我很認真。

看了半天之後，我眼睛不由得一亮，或者說不由得一暗，我終於看到了一個理想目標。

那是一個穿著一身黑色西裝，打著領帶，穿著皮鞋，很像有錢人模樣的男人，而且他還是從汽車裏走下來的。他的身上纏著一大團黑氣，那種情形，用衰神纏身形容都不夠，用冤魂纏身形容更合適。

在看到那個男人的第一眼，我幾乎毫不猶豫地向他跑過去，老遠就對著他揮手喊道：「喂，等一下，對，就是你！」

「咦？」那個男人突然聽到一個小孩子喊自己，有些好奇地停了下來，轉身看了看我，微微笑了一下，竟然伸手從口袋裏掏出了一張十塊錢，遞給我說：「小傢伙，這些錢拿去買點吃的吧。」

很顯然，這個男人把我當成小要飯的了。

那時候我家裡窮，所以我穿的衣服不好，而且也有些髒。他的舉動讓我有些尷尬，我的臉一下子就紅了，自尊心受到了打擊。我人雖然小，但也是明事理的。

「怎麼，嫌少？」男人見到我紅著臉不說話，有些不耐煩地皺眉嘟囔了一聲，接著硬生生地把錢塞到我的手裏，說道：「今天零錢沒帶多少，你就拿去吧。」

男人說完，轉身繼續走路。

這時，他的汽車裏下來一個戴著墨鏡、滿臉凶巴巴的大漢，黑著臉趕我：「去去，小要飯的，別來搗蛋，你知道他是誰麼？居然敢跟他要錢，找揍是不是？」

我心裏不由得窩了一股怒火。那個給我錢的男人，雖然衣著光鮮，但是為人和善，出手也很闊綽，他隨手就給了我十塊錢，心地還是不錯的，而且他也沒冷言冷語地嘲笑我。在那個年頭，十塊錢可是一筆不小的錢，可不是說給人就給人的。相比起來，他的這個手下就讓人有些反感，看他的樣子，他甚至有把我手裏的十塊錢奪回去的意思。

原本我還真想把十塊錢還給那個男人的，但是，被這個人這麼一呵斥，我反而傲起了性子，決定不還錢了。

「我不是要飯的！」

我把十塊錢順手裝進口袋，沒去理會黑臉大漢，抬腳向那個男人追了過去。

「嘿，你這個小兔崽子，還不滾?!」黑臉大漢氣呼呼地追了過來。

我心裏有些害怕，知道自己要是被他抓住，肯定會挨一頓揍，那無疑是吃了眼前虧。所以，我就拼命地往前跑。幸好當時正是逢集，街上人來人往的，我個子小，跑起來穿行方便，所以他一直沒能抓住我。

「喂，你，等一下！」

我追上那個男人之後，一把拉住了他的衣角。

男人這時候的神情有些失落，好像有什麼事情想不通。不過，他走路的時候依舊昂首挺胸，步伐穩健，這一點讓我很佩服。

他身上裹纏著一股很陰沉的黑氣，在這種黑氣的纏繞之下，正常人一般都早已半死不活了，而他居然還能夠走動，還能夠說話和思考，這不能不說是一個奇蹟。

不過，當我看清這個人的面目之後，我心頭的這些疑惑也就有些釋然了。

我看到了這個男人身上的異常之處，他的身材很高大壯實，長相氣宇軒昂，雙目有神，眉宇之間隱隱散發出一股淡淡的金光。他之所以沒有被陰氣影響，多半就是因為這個金光。

後來姥爺告訴我說，男人眉宇間的金光，是一種偉人罡氣，這種罡氣正是陰氣的最大剋星。不過，那個男人的罡氣微弱，這也說明他就算做官也做不了最大的官。

「咦，小傢伙，怎麼又是你？」那個男人有些疑惑地轉身問我。

「我不是來問你要錢的。」我喘了口粗氣，然後對他說道，「我找你有事情。」

「咦，小傢伙，你找我有什麼事情？是不是有什麼冤情？說出來，我幫你申冤。」那個男人和氣地笑著，蹲下來問我。

我想，他能為老百姓申冤，肯定就是個好人，是個好官。想明白這些之後，我就做了一個決定，準備讓姥爺幫他祛除身上的陰氣，然後不收他的錢。

下定決心之後，我就對他說：「你跟我來吧，你身上有鬼，我讓姥爺幫你除掉。」

他聽到我的話之後，竟然全身一震，整張臉驚愕得有些扭曲，兩手用力抓住我的胳膊，瞪大眼睛，驚聲問我：「小娃子，你說什麼?!你，你怎麼，怎麼知道的？你快說，這到底是怎麼回事？」

「你，你抓疼我了！」我被他抓得有些疼，掙扎了好半天才甩開他的手。

「對不起，對不起，小師父，我不是故意的，我是太激動了，嚇到你了，不好意思，來，叔叔幫你揉揉。」他可能真的是太激動了，說話都有些顛三倒四的，對我的稱呼也不倫不類的。

他拉著我的手，撫平了我衣服上的皺褶，然後開始幫我揉胳膊。

他低聲問我道：「小師父，你剛才說的話，到底是什麼意思？」

就在我剛想回答他的話時，那個追著我的黑臉大漢跑了過來。

黑臉大漢看到他拉著我的手，對我很親切，臉上很快就現出了一種既鄙視又憤怒的神色，上前說道：「表哥，別理這個小要飯的，交給我來處理！」

男人聽到大漢的話，有些生氣地站起身，冷臉說道：「二子，你說話注意點，這位小師父不是平常人，你要對他恭敬一點，不然的話，你就給我滾回老家去，明白嗎？」

那個二子被男人呵斥之後，一臉尷尬，黑臉有些發紅，嘟囔了半天，才唯唯諾諾地問道：「表哥，這小子，不，小師父，是什麼來頭？」

「這個你就不要問了，好了，這兒沒你什麼事情了，你去車上等我。」男人說完，揮揮手把二子趕走了，這才又蹲下身，滿臉堆笑地問我：「對了，小師父，我還沒問你的名字呢，不知道小師父怎麼稱呼？」

「我，我叫方曉，你不要叫我師父。」我畢竟是個鄉下小孩，沒見過什麼大世面，他這麼叫我，我不自覺地有些害羞和扭捏，不過心裏挺受用的。

從這一點也可以看出來，我從小就是個挺虛榮的人。後來我才知道，虛榮，會給人帶來很多麻煩。

「呵呵，好名字，果然是曉師父，哈哈。對了，小師父，你剛才說我身上有鬼，是真的麼？」

很顯然，我的虛榮心被他發現了，所以，他就投其所好了，堅持了對我的過分尊重。我皺眉想了一下，只好如實把情況告訴了他。

「你身上有黑氣，很凶煞，我能看到，不過我不知道到底是怎麼回事，但是我姥爺很厲害，他肯定可以幫到你，你是好人，我就幫你。」

「果然是奇人！我今天算是見到高人了。」男人有些感慨，拉著我的手，很爽快地說：「走，小師父，帶我去見你的姥爺，我要好好和他老人家談談。」

「姥爺就在前面拐角的樹下擺攤，你跟我來吧。」

血手鐲

最奇怪的是，林士學紫黑色的手腕上，
居然戴著一隻血紅色的玉手鐲，這種手鐲只有女人才會戴。
這隻手鐲從露出來開始，一直散發出很濃重的陰冷氣息。
林士學身上的陰氣，正是來自這隻手鐲。

我帶著他穿過人群。

來到路口，我看到姥爺的攤子前面已經聚集了好多人，都是來趕集的鄉下人。鄉下人都喜歡算命，所以姥爺的生意很火爆。不過，鄉下人也沒什麼錢，所以，姥爺給他們算命，也不可能賺到什麼錢。

我帶著男人在路口出現的時候，姥爺正好抬頭向我這邊看了一眼。他看到我身旁的男人時，眉頭皺了一下，接著和我對望了一眼，向我點了點頭。很顯然，他的意思是說我找對人了。

得到了姥爺的肯定，我心裏鬆了一口氣，於是帶著男人來到攤子前，指著姥爺對他說道：「這就是我姥爺，你有什麼問題，問他好了。」

「好，好，謝謝小師父。」男人連聲道謝，卻沒有直接上前去找姥爺，而是站在原地，細細打量姥爺。

男人對著姥爺看了一會兒之後，由衷地感嘆了一聲：「真是個老神仙！」接著就快步上前，撥開人群，滿臉激動地伸手去握姥爺的手，說道：「哎呀，老神仙，你可千萬得救救我啊！」

男人說著話，握著姥爺的手，膝蓋一彎，竟然往地上跪了下去。

「使不得！」見到男人的舉動，姥爺的臉色變得有些凝重，一聲低喝。我只看到他右手拉了男人一下，同時左手中指對著男人的膝蓋虛彈了一下，男人原本馬上就要跪到地上的雙腿，居然硬生生地重新直立了起來，愣是沒有跪下去。

沒有跪成功，男人有些疑惑地低頭看著自己的雙腿，彷彿見了鬼一樣，隨即他看到姥爺面帶微笑，立刻明白了，不由得更加恭敬地對姥爺彎腰鞠躬道：

「老神仙，您可一定要救救我啊！」

「有話慢慢說，來，你先坐下來，不要著急，我這邊還有兩個老鄉要算一下八字，我先給他們算完了，咱們再詳談。呵呵，你放心，既然你找到我了，你的事情就包在我身上，不會讓你白跑一趟的，你先坐一會兒，時間有的是。」

雖然男人表現得很焦急，但是姥爺並沒有因為他的焦急就給了他特殊待遇，讓他在攤子旁邊的石臺子上坐下來等著。姥爺則戴上老花眼鏡，非常耐心地幫兩個鄉下人算命，送符水，把他們都打發走之後，姥爺這才抬抬老花眼鏡，看著男人問道：

「請問你有什麼問題？是要算命，還是看風水？」

「哎呀，老神仙，方才這位小師父都已經和我說了，他都能看出來我身上的問題，您老的法眼自然看得更加清楚啦。我叫林士學，我求求你，就幫我把這個……這個東西除掉吧。您老不知道啊，這段時間以來，我因為這個事情寢食難安，好幾次都差點尋短見啊，今天遇到老神仙，算是我的運氣好啊。」

林士學蹲在攤子前看著姥爺，神情很是激動。

姥爺沒有回答他的話，微微側身看著我，問道：「你看出來了？」

我點了點頭，接著走到姥爺身邊，伏在他耳邊低聲說道：「姥爺，這個人是個好官，你就幫幫他吧，不要收他的錢了。」

「收不收錢，倒是另外一回事，只是，這個事情不是說幫就能幫的，你真以為你姥爺是神仙啊。要是這麼容易的話，當初你被纏住的時候，我還不早就幫你把她打跑了？」姥爺有些為難地咂咂嘴。

說者無心，聽者有意。林士學聽到姥爺的話，還以為姥爺是故意這麼說，示意他給錢。他連忙從懷裏掏出一個黑色皮夾子，從裏面抽出三張百元鈔票，雙手恭敬地遞給姥爺道：

「老神仙，我一直清廉自律，從來不敢貪贓枉法，所以手頭沒有多少錢，這三百塊錢，是我最近幾個月的工資，不成敬意，還請您老人家笑納。」

那會兒，大家的工資都不是很高，林士學這三百塊錢，還真有可能是他這幾個月的工資。聽他這麼說，我就對他更加敬佩了，覺得他真的是個好官。

見到林士學的舉動，姥爺和我對望了一眼，見到我顯然是不樂意收林士學的錢，微笑地點了點頭，含笑推開了林士學遞過來的錢，說道：

「你誤會了，我並不是想向你要錢。何況，我這小外孫希望我幫你，為了讓他高興，更加不能收你的錢，你還是收起來吧。」

姥爺很果斷地把林士學拿著錢的手推開。

見姥爺一再拒絕，林士學不再堅持，轉身把錢塞給我，說道：「那這錢就給小師父好了，算是我感謝小師父。」林士學又轉身對姥爺說道：「老神仙，您看，我的事情還有救麼？」

「這個，我要先看看才行，來，你坐下來，我仔細瞧瞧。」

姥爺抬起林士學的手臂看了看，掐了掐林士學的人中，翻看了一下他的眼皮，又把他的左右手掌和腦後都看了一番，這才面色凝重地坐下來，若有所思地看著地面，沉思起來。

見到姥爺面色凝重，林士學也不敢說話，雙手放在膝蓋上，靜靜地等待姥爺的反應，等得有些焦急了，他就把眼光投向我。

我正蹲在姥爺旁邊的一截樹墩上，擺弄著那三張百元大鈔，認上面的頭像。見到林士學向我看過來，我有些尷尬地把錢收了起來，湊到姥爺身邊，問道：

「姥爺，怎麼了？」

「很凶，很凶啊。」姥爺皺著眉頭，抬頭看著林士學道：「你的問題很嚴重，說實話，我估計還真的幫不了你。你身上的這個陰氣非常凶煞，不是一般的陰氣，這個事情很不尋常。」

姥爺說到這裏，頓了一下，又道：

「你自詡是一個好官，非常清廉，但是你身上的這個陰氣不但凶煞，而且怨念十足，分明是沉冤凶氣。你既然沾上了這種氣息，難免你沒有做過什麼違背良心的事情，所以，這一點，首先就讓我有些懷疑。」

姥爺的話讓我有些驚愕，我不由得滿臉疑惑地看向林士學。

此時，林士學再次激動驚愕得滿臉扭曲，全身微微顫抖著，雙膝一軟，對著姥爺跪了下來，握拳砸著地面，滿腔悔恨地說道：

「哎，果然是老神仙，我有眼無珠，居然還想要矇騙老神仙，真是罪有應得！」

林士學的舉動，讓我和姥爺有些面面相覷。

我沒有見過這樣的場面，也不明白林士學一個大男人，為什麼突然變得這麼激動，還以為他發了神經病，嚇得躲到了姥爺身後。

姥爺反而鬆了一口氣，上前把林士學拉了起來，說道：

「哎，有話慢慢說，我剛才也只是隨口說一句，你不要太往心裏去。我活了一把年紀了，不敢說閱人無數，但也還算是會看人的。你雖然陰氣纏身，但是看你的面相，就知道你是一個正直的人，所以，你身上的氣息，一定有什麼特別的原因。」

「老神仙，是我的錯，是我沒有好好地履行責任，哎，我一時糊塗膽怯，差點鑄成大錯。」林士學一陣嘆息。

「好了，小林，你先不要太自責了，事情總有個解決的辦法，快到中午了，要不，我們找個地方坐下來，慢慢和我說說具體情況，我才能想辦法幫你。」

這時候，姥爺應該已經決定要幫林士學了。畢竟，我白得了人家三百塊錢，所以，林士學這個忙，姥爺是幫定了。

林士學連忙點頭說好，接著就說他知道有個很清靜的地方，讓姥爺和我跟他走，請我們去吃午飯。姥爺微笑點頭同意了，收了攤子，背著小箱，領著我，跟著林士學來到他車子停放的地方。

林士學拉開車門，先請姥爺和我上了車，這才坐進車子，然後讓二子開到怡情山莊。原來二子是林士學的司機。

車子一路開出市集，駛上一條寬闊的公路。

一路上，林士學向姥爺簡單地介紹了自己。

林士學是沭河市本地人，從小喜歡讀書，成績一直很好，順利上了大學。大學畢業後，林士學在西北一個大山村裏勞動了幾年，又調回原籍工作，一直在市裡的司法辦上班。

由於工作能力突出，升任司法局主任，然後是書記，再然後就是現在的市檢察院檢察長兼黨委書記，主管沭河市的司法工作。

「老神仙，不瞞您說，我一生自問對得起良心，從來沒有做過違背良心的事情。可是，沒想到，今年我卻做了一件，做了一件，哎——」

林士學說到這裏，神情有些糾結，顯然對自己的過失非常悔恨。

「林檢察長，這事咱們等下再說吧。」見到林士學神情有些落寞，姥爺連忙勸慰了他一下。

「嗨，老神仙，我真是慚愧啊，老神仙，您就叫我小林吧。」林士學漲紅了臉說道。

姥爺爽朗地笑了一下，說道：「好吧，那咱們都別客氣了，小林啊，你也別叫我老神仙了，老頭子姓徐，以前的大號叫金長，你叫我老徐就行啦，咱們算是忘年交，你看成不？」

林士學開懷地笑了起來，點頭道：

「好，好，就這麼說，呵呵，徐師父，咱們等下要去的地方是怡情山莊，是個很清靜的去處。這山莊是我的一位堂兄開的，風景很好。這幾年，我一有煩心事就會來這裏住一段時間。馬凌山上有一條瀑布，叫做青絲仙，風景更美。」

林士學說著，陷入了一種迷醉的狀態，一會兒才回過神來，訕笑了一下，對姥爺道：

「徐師父，等下還希望您能為我指條明路啊。」

姥爺微微一笑，點了點頭，抬眼看著車窗外，不經意地嘆了一口氣。

怡情山莊坐落在半山腰，四周是很高的琉璃圍牆，大門很寬，建在高臺上，要爬十幾級石頭階梯才能進大門。山莊的院子地上鋪著青磚，有假山、青竹、松柏、小池塘，環境很宜人。

院子後面是一連三座高低不一的古式大樓。大樓都是琉璃瓦簷，朱紅木柱子和黑漆窗戶，外加綠底上白的牆壁，二層以上則是青磚牆壁，氣勢恢宏又典雅。

我從小在老家的三間破草屋裏長大，哪裡見過這麼好看的院子，這麼好看的房子？一進到怡情山莊，我就懵了，眼花繚亂、昏頭昏腦的，到處張望新奇的東西，壓根就不知道路是怎麼走的，更沒聽到姥爺和林士學說了些什麼。

我和姥爺被林士學一路帶著，走進了一間古色古香、典雅寬敞的房間。房間的窗戶朝南，正好南風吹來，山下駱馬湖的秀麗風光盡收眼底。

沒多久，服務員端著老大的木托盤走了進來，在桌子上擺滿了一碟碟我從來沒見過的美味佳餚。看到那些好吃的，我的口水咽個不停，要不是姥爺微微閉目坐著不動，我都已經開吃了。

「徐師父，這些都是山莊的特色菜肴，清蒸鱸魚，紅燒玉兔，筍葉燉雞，不知道合不合您的口味。」菜上完了，林士學有些緊張地搓著手，訕笑著看著姥爺問道。

姥爺這才半睜開眼睛，掃了一眼桌上的菜肴，說道：

「小林，你太客氣了，這些菜當然都是好吃的，但是我們爺孫倆再加上你，吃一天都吃不完，這樣太浪費了。以後啊，不要這麼鋪張才好，隨便一點就行了。」

「是，是，師父教訓的是。」林士學臉有些紅，訕笑著點了點頭。

「姥爺，可以吃了麼？」我早就按捺不住了，抓著筷子問道。

「嗯，可以了，開吃！」姥爺這才開懷一笑，抓起筷子給我夾菜。

我和姥爺大吃大喝了一番，姥爺還喝了一壺竹葉青酒。我們吃飯的過程中，林士學就端著一杯清茶坐在桌子對面看著我們，焦急地等待著。

吃飽喝足之後，姥爺半眯著眼睛，點了一袋旱煙，「吧嗒吧嗒」地抽著，對林士學說道：「還不錯。」

聽到姥爺的話，林士學總算鬆了一口氣，殷勤地微微彎腰，湊到姥爺面前，問道：「徐師父，那個，現在能幫士學祛除身上那個東西了麼？」

「看病要對症，你先說說情況，我才能開方子。」姥爺慢慢吐出了一口煙。

「這個——」林士學有些猶豫，沉吟片刻之後，一咬牙，嘆了一口氣，說道：「哎，好吧，既然師父這麼說，那我就全都說了。在說事情之前，我想先請師父看一樣東西。」

「什麼東西？」姥爺問道。

「就是這個。」林士學向前靠了靠，對著姥爺伸出了右手臂，把袖子捋了起來。

這個時候，我也湊了過來。原本我以為林士學是要給姥爺看什麼寶貝呢，但是，當他捋起袖子時，卻讓我著實驚愕了一番。他的右手臂除了露在外面的手掌，其他部分居然全部都變成了紫黑色。那個樣子非常恐怖，像是水腫，又像是腐爛，讓人觸目驚心。

不過，最奇怪的是，林士學紫黑色的手腕上，居然戴著一隻血紅色的玉手鐲，這種手鐲只有女人才會戴。這隻手鐲從露出來開始，一直散發出很濃重的陰冷氣息。林士學身上的陰氣，正是來自這隻手鐲。

不僅如此，當我凝視那隻手鐲的時候，看到了一張黑褐色的臉孔，正趴在林士學的手臂上，張著大嘴，不停噬咬著。這種大白天見鬼的感覺，讓我頭皮發麻。

「姥爺，那手鐲好嚇人！」

我感到害怕，一下子就抓住了姥爺的手臂。

「別怕，這只是個明器，陰氣雖然重，但是不致命。」姥爺拍了拍我，接著他伸手拉住林士學的右手，把手臂拖到面前，仔細看那隻玉手鐲。過了一會兒，姥爺才放開林士學的手，皺著眉頭，有些疑惑地沉吟起來。

「師父，怎，怎麼樣，認得這個東西麼？」林士學放下衣袖，有些緊張地看著姥爺問道。

「嗯，差不多吧。」姥爺抽著旱煙，抬起眼睛看著林士學，「小林啊，這東西可不簡單啊，如果我沒有看錯的話，這東西是一件明器，根據它的氣息來判斷，是一座千年古墓凶穴之中的器物，你是從哪裡得到這東西的？按理來說，你應該不會有這種東西啊？這其中是不是有什麼隱情？可以給我好好說說麼？」

「哎，師父，這事其實就是我自己也感到很奇怪，這事要從半年前說起。」林士學把這隻手鐲的來歷說了出來。

原來，半年之前，林士學接手了一個大案子，是一樁盜墓案。由於被盜挖的墓葬是一座大型古墓，關係重大，上級要求徹查。

林士學是案子的督辦小組主任，隨著督辦小組一起來到案發的那個小山村，經過走訪和核查，大體弄清楚了案件的情況。

被盜掘的古墓是一座晉朝墓葬，裏面的文物並沒有丟失多少，林士學到達案發地點的時候，省裏的文物考古專家組已經在對古墓進行搶救性發掘了，出土了很多非常珍貴的文物。

只是，讓所有人都感到奇怪的是，古墓裏的墓主屍體卻一直都沒有找到，棺槨裏是空的，連一點蹤跡都沒有。

由於棺槨被盜墓賊打開過，所以專家組猜測，屍首早就腐朽了，盜墓賊打開棺槨之後，裏面的腐朽屍灰被風一吹就沒了，所以棺槨裏完全空了。

盜墓案很快就偵破了，公安部門抓捕了盜墓集團的主犯，還從他家裏搜出了一些被盜取的文物，人贓俱獲。之後，盜墓的其他從犯也都被抓起來了，案件算是告了一個段落。

但是，就在林士學要離開那個小山村的夜裏，他做了一個很奇怪的夢。在夢中，一個一身黑衣的女人走進他的房間，把放在案頭的一隻玉手鐲拿起來，戴到了他的手腕上。那隻玉手鐲是他從那些盜墓賊手裏繳獲的贓物。

林士學沒有看到那個女人的面目，只是看到一個背影，那個女人有一頭很長的黑髮，身材瘦削，走路像是飄著。林士學醒來之後，發現自己的右手腕上居然真的戴著那隻玉手鐲。

林士學一直都是一個唯物主義者，根本不信鬼神，所以，夢裏的事情變成了事實，那種感覺用怪異來形容是絕對不夠的。

林士學安慰自己，他認為自己是由於連日辦案太累了，所以晚上夢遊了，自己把玉手鐲給戴上了。

這個解釋，本來是非常科學的。但是，接下來發生的事情，卻把他的推測完全推翻了。

因為，他發現居然無法把手鐲取下來。他試過很多方法，用油、用蠟、用肥皂，都取不下來。那隻手鐲就好像長在他的手腕上一樣，不但取不下來，還一點一點地陷進了皮肉裏，勒得整條手臂血流不暢，發紫發黑。

林士學向很多文物專家求助過，但是專家們說不出個所以然來。後來，他實在沒有辦法了，平生頭一次進了寺廟，請得道高僧看看，結果那些高僧也是滿臉茫然，不知道那隻手鐲到底是怎麼回事。

這期間，那個盜墓案結案了。主犯判了死緩，其餘十幾個從犯判了兩到三年不等的徒刑。上級對林士學進行了表彰。

林士學戴著玉手鐲的右手臂，從案子了結的那一天起，開始疼痛起來，後來越來越嚴重。白天還好，晚上疼得撕心裂肺，噬骨吮髓，讓他痛不欲生，好幾次都差點想自殺了。

林士學去醫院看病，醫生居然說他的手臂完好無損，沒有任何問題。這時，林士學才感到真正的驚恐，他發現那些醫生只能看到他手臂上的手鐲，卻根本看不到他手臂上的病變情況。而且，其他人也看不到他手臂的病變情況，只有他自己能看到。

至此，林士學才明白自己遇上了一件非常靈異的事情，感到極度害怕。

「所有人都看不到我這隻手的異常，只有老師父和小師父能看到，而且還沒有看到我的手，只是看到我的人，就知道我身上有異常。你們是真正的高人，是可以救我的人，求老師父幫幫我。」林士學說著，差點又對姥爺跪了下去。

姥爺一直皺著眉頭聽著，抽著旱煙，沒有說話。

等林士學說完了，姥爺這才微微抬眼，咂咂嘴道：

「如果案子沒有什麼問題的話，那這件事情就有些蹊蹺了。現在唯一的解釋，就是你衝了人家的怨氣。如果我沒有猜錯的話，那個古墓的主人，想必是冤屈而死的，而這個手鐲，很有可能就是讓墓主人蒙冤的最大物證。你是大官，又是主管司法的，身上帶著公人氣，那個墓主人把你誤當成古代的青天大老爺了，她想要申冤，所以就找上了你。」

林士學滿臉激動地說：「這麼說來，她是想要讓我幫她申冤，找錯人了？她不知道時代已經變了？」

「差不多吧，按照你的說法，那個古墓應該是一個貴族的大墓。這樣的墓穴藏風聚水，很利於陰氣駐留，想必雖然經歷了上千年，但是墓主人的怨氣依然存在，所以發生了這樣的事情。」姥爺皺眉道，「讓我不解的是，你說那個墓穴裏並沒有屍首，這個事情又有些不合理了。因為，沒有屍首的話，陰氣就無從駐留。」

「老師父，說實話，我一輩子都不相信鬼神。我想請教一下老師父，這個東西，到底有沒有什麼辦法祛除？」林士學直截了當地問道。

第九章

詐魂

林士學嘴巴咧得很大，像是被撕開了一樣，兩隻眼睛暴突，更恐怖的是，他的右手半舉著，似乎是托著一個長髮的女人頭。

「乖乖，詐魂了！」姥爺一下子扔掉了煙斗，伸手就向懷裏掏去。

姥爺抬眼看了看林士學，有些不屑地冷哼了一聲，抽了一口旱煙，咂嘴道：

「陰陽相生相剋，萬物萬法都是互生互剋的，怎麼會沒有辦法破除呢？只是這個墓主人的陰氣重，怨氣深，破除起來有些麻煩罷了。不過就算如此，要破除這個東西，只要我的小外孫出手就差不多了。」

「啊，老師父，你的意思是，讓小師父幫我祛除這個東西？」林士學說著，有些懷疑地看了看我，估計心裏已經在嘀咕了。

而我聽到姥爺的話更加驚訝，滿臉疑惑地看著姥爺，問道：「姥爺，我，我能行麼？你教我的東西，我都還沒學會。」

「沒有人天生會這些東西的，一邊做一邊學，這件事你肯定能行，你大膽去做，姥爺給你壓陣，有什麼意外，也有姥爺在，你不用擔心。」姥爺看著我，有些驕傲地笑道。

我只好點了點頭，又疑惑地問：「那要怎麼做才能破除這個東西呢？」

「這個等下教你。」姥爺轉身看著林士學，說道：「小林，要破除這個東西，需要兩個條件，一個是要在墓穴所在地，另外一個就是要選合適的時辰。不知道你所說的那個古墓離這裏遠不遠，最好帶我們去看看，先瞭解一下情況。」

「距離倒是不遠，開車半天就到了，只是到了那裏，還要爬山才能到，而且那個古墓現在已經被考古挖掘過了，這對破解的事情有影響麼？」林士學皺眉遲疑地問道。

「不影響，跑得了和尚跑不了廟，有地方就行。事不宜遲，你現在就帶我們過去好了。」姥爺磕磕煙斗，對林士學說道。

「好的，那師父你們等一下，我去安排一下，馬上過來。」林士學站起身就往外走。

姥爺等林士學離開，這才轉頭看著我，瞇眼微笑問道：

「大同，想到怎麼應對了麼？」

「沒有。」我搖搖頭，反問道，「到底要怎麼弄，才能幫他破除這個東西？」

「還記得姥爺給你說過麼，咱們的祖師爺不是留下一本《青燈鬼話》麼？那書裏面有過類似情況，你想不想知道，咱們的祖師爺當時是怎麼應對的？」姥爺一邊裝旱煙，一邊滿臉神秘地問我。

「想啊，想啊，姥爺，你給我講講嘛。」我被姥爺吊起了胃口，滿臉興奮地拉著姥爺的衣袖。

姥爺不急不徐地說道：「以前有一個人專門盜墓，人稱盜墓鬼。他有一次去盜一座古墓，就被裏面的冤魂給纏上了，墓穴裏伸出了一隻青黑色的手臂，足足有一丈長，一下就把那些盜墓的人掐死了。這就叫：青臂出，長丈許。」

「啊？那個盜墓鬼也被掐死了麼？」

「沒有。那個盜墓鬼算是命大，他很膽小，每次盜墓都是走在最後頭，寧願少分點，也不願第一個冒險。他後來和祖師爺說了他那天見到的真實情況。他說，其實所謂的『青臂出，長丈許』只是世人傳說而已，真正的情況是，那些盜墓的人，自己掐自己。」

「那個僥倖逃出來的盜墓鬼，是最後一個進入墓室的，他當時還沒有喪失理智，親眼看到了同伴相互掐死的場面。所以，他轉身就往外跑，總算逃出墓室，撿回了一條小命，但是卻被冤魂纏上了，全身發黑、腐爛，而且這種情況只有他自己能看見。這個情況，和林士學是不是很像？」姥爺說著，吐出一口煙。

「嗯，很像，那祖師爺是怎麼幫他祛除那個陰氣的？」我問道。

「祖師爺法力無邊，當時他和盜墓鬼去到古墓，在半夜三更時分，點了兩根蠟燭，擺了祭祀台，用鎮魂符把那個盜墓鬼身上的陰氣祛除了。」姥爺瞇眼看著我。

「鎮魂符是什麼？怎麼用？」我知道姥爺是在吊我的胃口，乾脆直接問了出來。

「這就是鎮魂符。」姥爺從懷裏掏出一張黃色草紙，用毛筆劃了一個很複雜的符文，把草紙遞給我，說道：「使用的方法，就是把這張符文貼到被陰氣纏身的人身上，逼迫陰魂離身。不過，這個符文只能對付一般的鬼魂，遇上厲害的鬼魂，還要加一個安魂咒。在鎮魂的同時，念安魂咒安魂，雙管齊下才能平復怨氣。安魂咒比較複雜，等到了地方，我再慢慢教給你。」

「嗯，那這樣就可以把陰氣袪除了嗎？」我問道。

「差不多吧。」姥爺點頭道。

「那他的手鐲是不是就可以拿下來了？」我繼續追問。

我感覺這個事情似乎太輕鬆了。而姥爺那個時候，也低估了這個事情的嚴重程度。

「應該是可以的吧，不過，那隻手鐲好像很小，不好拿下來，這也沒事，到時實在不行，就把它砸碎了，哈哈！」

「砸不得，砸不得！」林士學的聲音響了起來。

我和姥爺回頭一看，這才發現林士學滿臉驚慌地走進來，對我們說道：

「老師父，這個手鐲不能砸。這是古墓裏出土的文物，價值連城，應該送到博物館的，我戴著它已經是違反規定了。之前，我還找藉口說這是物證，才把它留下來的，就算這樣，最多也只能再留個十天半個月的。老師父，這隻手鐲是文物，我是絕對沒辦法私藏的。要是弄壞了，我可怎麼向上級交代啊！」

林士學的話讓姥爺有些為難，猶豫了半天，姥爺才說道：

「現在情況還不清楚，我們先幫你試試看，如果還拿不下來，那你就只能另想辦法了。我們只做鬼的事，人的事，就要靠你自己了。」

「這個我明白。」林士學點了點頭，對姥爺說道，「老師父，車已經準備好了，我們這會兒出發，天黑的時候應該就可以到山下了。」

「嗯，好，那走吧。」姥爺端著煙斗，領著我跟林士學來到外面，上了車子。

還是二子開車，有林士學在的時候，他基本上不說話。不過，我透過車子的後視鏡，看到這傢伙一直在看著我皺眉頭，想必他心裏對我很不屑，以為我和姥爺是騙吃騙喝的江湖騙子。

見到他那個樣子，我對著後視鏡做了個鬼臉，故意氣他。

被我這麼一氣，二子的眉頭更皺了，但是因為林士學在旁邊，他不好發作，只好扭頭不看我。

把二子氣到了，我很開心，心情大好地坐正身子，笑著問：

「林叔叔，我們這是去哪兒？」

「呵呵，小師父，我們去水晶山，你知道那個地方麼？」

聽出了林士學話裏有想要考考我的意思，我就有些不屑地對他說：

「這個誰不知道啊，不就是那個產水晶的山嘛，我很小就聽說過，只是沒去過。」

「哈哈，小師父說對了，就是那座山。那個古墓之所以被挖出來，也是因為採礦。當地人在山上開採水晶礦，結果挖到了這個古墓，有些人就打起了古墓的主意。」林士學皺眉道，「不過，其實那個古墓並不在晶脈上，四周沒有水晶，連石頭都很少，也不知道那些人為什麼會在那個地方挖礦，這個事情，我一直都沒有想明白。」

聽到林士學的話，姥爺的神情有些凝重，似乎在思索著什麼。

我當然不懂這些，就趴在車窗上看風景，後來覺得很無聊，竟然睡著了。

我被一陣震動弄醒時，睜開眼睛一看，車子停下來了，天色也已經有些黑了。

車子停在一處大山林的腳下，山腳被挖出了很多大石坑，有的積了水，清湛湛的，石坑周圍長滿野草，傍晚看上去黑乎乎的，晚風一吹，感到有些淒涼。

山上除了被挖掘的部分，其他地方都是樹林，山腳下有一條小路通向山上，但是很陡。

林士學從車裏拿了兩個手電筒，一個自己拿著，一個遞給姥爺，然後對二子說：「二子，你背著小師父，跟著。」

「噢。」二子很乾脆地答應了一聲，然後轉身就向我走來，他的臉上現出了一抹詭笑。

我一見他那個笑容，立刻知道這傢伙要使壞，轉身想跑，結果這傢伙一個箭步上來，抓住了我的手，裝模作樣地說：「小師父，來，我背著你走！」說完他硬生生地把我背到背上。

我也不好再掙扎了，只好雙手握著拳頭，隨時準備逃跑。

就這樣，林士學和姥爺在前頭帶路，二子背著我，一行人沿著山腳的小路，向山林深處走了進去。

我們很快就走到了一處地勢較為平坦的山腰。

「差不多了，再往前走大概兩三百米，有個山坳，就在那個山坳裏。」林士學擦了擦汗，說道。

這個時候，背著我的二子知道再不對我做點什麼就沒有機會了，他故意背著我一趔趄，向一棵樹側倒了過去，讓我的後腦勺一下子蹭到樹上，破了一層皮。

「啊！」我不禁大叫一聲。

「怎麼了？二子，你背著小師父，小心點！」聽到我的痛叫聲，林士學轉身呵斥二子。

「噢，是我不小心，小師父，對不起啊。」二子裝模作樣地說著，接著卻把我放下來，用身體擋著我，不讓林士學和姥爺看到。

他黑著臉，伸出大手捏著我的腮幫子，低聲威脅道：「小子，你要是再敢叫，老子把你扔到山溝裏，你信不信？你老實點，知道不？」

我被二子一嚇，立馬就屈服了，眼淚差點流了出來。

「不許哭！」二子又低聲嚇唬我一番，這才得勝似的又把我背起來，向林士學和姥爺追了過去。

這時天已經完全黑下來了。樹林裏的路不好走，林士學走得很慢，而且他走的還都是溜著山崖邊的小道，很危險，不知道他是怎麼想的。

姥爺隨著他走了一陣子，發現林士學帶的路有些不對，停了下來，點了一袋旱煙，問道：「小林，你不是說還有二三百米就到了嗎？怎麼這都走了快一個小時了還沒到啊？」

「嘿嘿，是啊，到啦，快到啦，你們馬上就到啦，哈哈哈！」我們聽到林士學發出了一連串低沉又陰冷的聲音。

聽到林士學那古怪的聲音，我們都是一怔。

就在這時，林士學竟然抬手把手電筒扔到了山崖下，接著轉身猛地向姥爺撲了過來。姥爺連忙抬起手電筒向林士學照去，正照到他的臉上。一看到林士學的面孔，我們不由得同時發出一聲驚呼。

此時，林士學整張臉像白紙一樣，嘴巴咧得很大，像是被撕開了一樣，兩隻眼睛暴突，更恐怖的是，他的右手半舉著，似乎是托著一個長髮的女人頭。而那個女人頭，竟然還發出了一聲尖厲的叫聲。

「乖乖，詐魂了，二子，你帶我外孫後退，這裏交給我！」姥爺驚得一下子扔掉了煙斗，伸手就向懷裏掏去。

背著我的二子全身一震，如同觸了電一般，整個人跳了起來，大叫道：「媽呀，見鬼啦！」然後他背著我轉身就跑，根本就顧不上去看路。

我沒想到二子這個大漢膽子居然這麼小，正準備嘲笑他，但是，話還沒來得及說出口，就猛然感到整個人凌空飛了起來。

二子這混蛋光顧著跑，結果絆了一跤，他趴下了，我卻被他丟飛了出去。最要命的是，他把我丟出去的方向，正好是懸崖。

我連頭帶臉地撞向一大篷樹葉，臉上刮出了好幾道血痕，接著就感到身體四周一陣虛空，耳邊生風，整個人翻天覆地轉了起來。那個時候，我真的想要用我所知道的最惡毒的話問候二子全家，想告訴他，我做鬼都不會饒過他。

我正在心裏咒罵的時候，猛然感到腰上被什麼東西重重地擋了一下，接著整個人就又凌空彈了起來，掉到了一個斜坡上，順著斜坡滾了下去。

我覺得心臟都要被震得吐出來了，一口氣差點兒沒提起來，幸好後來在坡上滾來滾去，把我的氣理順了，我也狠命去抓山坡上的刺木和雜草，顧不上手疼，總之，盡力想延緩自己下墜的速度。

四面一片漆黑，我沿著斜坡一路向下滾，途中好幾次撞到突起的尖石，我全身像散架了一樣，感覺骨頭都斷了。我的手也被刺木柴的尖刺扎破了不知道多少處。

可能有人不太知道刺木柴是什麼東西，我簡單描述一下。大家都見過玫瑰花，玫瑰花的莖上長著一些青綠色尖刺，刺木柴也有這樣的尖刺，只是它的尖刺更密，而且是向後彎著長的，是倒刺。

這種刺木柴，在蘇北的山林地裏隨處可見，有的山頭完全被刺木柴覆蓋。我從小在刺木柴堆裏長大，自然知道這東西是摸不得的，但是為了求生，也只好不顧一切地去抓了。

這麼一抓，我的整個手掌和手臂上都扎滿了木刺，很快，我的雙手就麻木了。

雙手失去知覺之後，我的全身也開始失去知覺，大腦的意識越來越模糊，最後，我感覺嘴巴裏一甜，好像吐出了一大口血，然後眼前一黑，徹底失去了知覺。

我被連捽帶扎，活活整昏了過去，不過，可能因為我從小身體很好，後來居然自己醒過來了。

但是，我雖然醒過來了，卻是一種半睡半醒的鬼壓身的狀態。

不知道大家有沒有過這樣的經歷，就是有時你睡著了，然後要醒過來，而且也感覺自己確實醒過來了，但是卻無論如何都睜不開眼睛，身體也動不了，彷彿好像有人壓在身上一樣。在我們鄉下，這就叫做「鬼壓身」或者「鬼壓床」。

我剛醒過來時，就是這種鬼壓身的狀態。

我能感覺到山林裏的夜風「嗖嗖」吹著旁邊的草葉，也能感到渾身很疼，但就是睜不開眼睛，怎麼也動不了身體，而且還感覺一陣陣窒息，好像有個人死死地壓在我身上。我想要撐開眼皮，但是試了很多次，臉上的肌肉都用力得都有些酸疼了，還是沒能睜開。

就這樣，迷迷糊糊的，伴隨著全身的疼痛和窒息，以及那種麻木的無力感，我再次昏睡了過去。

這一睡，不知道又過了多久，我忽然感到臉上有些冰涼，接著是滑溜溜黏糊糊的感覺，讓我反射動作地醒了過來。

我一下從地上坐了起來，全身傳來抽筋一般的疼痛，我不禁悶沉地「哎喲」一聲，差點又躺了回去。

我好不容易穩住身子，費力看看四周，但光線太暗，根本不知道在什麼地方，不過，我應該是在山崖底下的山谷裏。

那個山崖少說也有上百米，我從這麼高的地方掉下來，居然沒被摔死，除了算我命大，就還剩命大了。

不過，我還沒為自己的命大慶幸時，卻猛然感到左手臂上突然傳來一陣新鮮的劇痛。我全身都疼，對於疼痛已經麻木了。在我原本的傷口上，又有什麼東西給我來了那麼一下，讓我痛上加痛。

我立刻抽回了手，向側面翻身，爬到一叢荒草裏，然後抬頭向我剛才坐著的地方看去，赫然發現那兒居然有兩個綠瑩瑩的、黃豆粒大小的光點！再仔細一看，我發現那光點不是圓形的，而是略呈三角形。我心裏一沉，立刻意識到了什麼。

在這些荒山野嶺裏，連土狼都有很多，更別說蛇了。那對綠色的光點，我再熟悉不過了，不是野獸的眼睛，就是蟒蛇的眼睛，看大小更像是後者。

我不知道是被氣昏頭了，還是腦袋摔傻了，居然沒有馬上逃走，而是摸索著從口袋裏拿出一盒火柴，哆嗦著手點著了，借著火光向那雙眼睛看了過去。

不得不承認，我這種舉動是非常愚蠢的，在深山野嶺裏點亮火光，無疑是暴露自己的蹤跡，把自己赤裸裸地送到捕獵者的視線之中，和送死沒有多大區別。

不得不慶幸我的運氣很好，因為，當我點亮火柴之後，借著火光看到的，只是一條小孩子手臂粗的蟒蛇。

這種蟒蛇全身灰黑，背上有紅色圓點，我們那裏俗稱「花斑長蟲」，沒有毒性。我的心就放了下來，同時有點欺軟怕硬的，立刻就來了志氣，抄手拿起一塊石頭，朝著那花斑長蟲就砸了過去。

「媽的，砸死你！」我聲音沙啞地罵著，砸完石頭，手裏的火柴也滅了。

我一看沒了光亮，心裏立刻又有點害怕，也不管那個花斑長蟲了，連忙就地隨便亂翻，找了一把乾草，堆到面前，然後用火柴點了起來。

我擔心乾草很快就燒完，又找了一些乾柴堆上去，把火堆旺旺地燒起來，這才放心大膽地站起身來，查看四周，發現自己在一處低窪的山谷裏。

山谷裏土質肥沃，四周的樹木長得有些過分粗大，茅草也有齊腰深，如同麥田一樣，看著讓人心裏有些發毛，不知道那草叢裏冷不丁會鑽出什麼東西來。

我又仔細地看了看，發現側面斜坡上的草叢有一道明顯的壓痕，很顯然，那是我掉下來的時候留下的。

看清楚了四周的狀況，我鬆了一口氣，這裏雖然荒涼，但是也不至於偏遠到沒人能找到我，而且就算他們找不到我，我自己也能走出去。所以，我心裏放鬆下來，在火堆旁邊的草叢上坐下來，借著火光開始拔手上的木刺。

我的雙手幾乎都被木刺扎滿了，拔了老半天才拔完，拔完之後，已經痛得頭上冒汗了，手上也流了很多血。我站起身，想要找幾棵七菜，捏點汁水止血。

七菜是蘇北丘陵地帶隨處可見的一種野菜，長著很小的毛刺，葉子很肥嫩，摘下來，在手心搓成團，然後捏出汁水來，是最好的止血藥。在蘇北農村長大的孩子，都懂得這個常識。

我找了半天，才在自己壓倒的那片草叢裏找到一棵七菜，正準備伸手去摘，卻冷不丁眼角一晃，看到草叢裏伸出了一個蛇頭。還是那條花斑長蟲，這畜生居然還沒走，看來牠是不想甘休了。

我現在很火大，而且也有些餓了，牠用那醜陋細長的身軀來挑戰我，是很危險的。我並不討厭吃烤蛇肉，而且我還非常喜歡吃生蛇膽，那可是能明目的良藥。

我衝著那畜生吐了一口唾沫，回身撿起一根木棍子，沒頭沒腦地砸了過去。很多人可能覺得蛇很靈活，很厲害，但實際上，牠沒有手腳，而且還趴在地上，是一種很笨拙的動物，越大的蛇行動越笨拙。對於大蛇，隨便拿把砍刀放倒牠，絕對是沒問題的，不過前提是得真的勇敢。

我幾棍子把那個蛇頭打趴下，低頭一看，發現花斑長蟲居然只是在地上擰著醜陋斑駁的身軀，但就是不逃走。我都禁不住佩服牠悍不畏死的勇氣了。

當我用樹棍挑開蓋在花斑長蟲身上的長草之後，才明白這長蟲是多麼無奈了。原來，牠正好趴在我掉下來的那個地方，很不巧的是，牠身下有一截很尖利的斷樹根，牠被我壓了一下，於是下半截身體就生生地被斷樹根戳穿了。牠就這麼掛在樹根上，只能扭動著前半截身體四處亂爬。

這時候，我突然想起了之前醒來時感到的那種涼涼滑滑的感覺。看來，那時候正是這條蛇在我臉上爬著。

花斑長蟲被我幾棍子打了個半死，在地上不停翻騰扭動著。我見牠挺可憐的，而且也不是故意要來和我作對，就用棍子把牠挑了起來，扔掉了。

我回到火堆邊，又添了些柴火，就坐了下來，捏著七菜汁水給傷口止血。止血完畢，我這才站起身，四下看看，心裏盤算著怎麼走出去。

我不知道現在姥爺的情況怎麼樣了。我掉下來的時候，林士學正在詐魂，模樣很恐怖。但是我知道姥爺有絕活，所以並不擔心姥爺。不過，我也知道，姥爺因為這個事情的耽誤，可能就不能那麼快下來找我了。而且，我從那麼高的地方摔下來，根本就是九死一生，說不定姥爺以為我已經摔死了，不知道他會傷心成什麼樣子。

想到這裏，我更加急著想快點走出去了。

大紅棺材

東西拖出來之後，立刻暴露在外地人的手電筒燈光之下。
我一看，發現那居然是一口大紅棺材，頭大尾巴小，
上面的漆層閃著光澤，看上去很新。我心裏生起了疑問，
難道說，他們藏的寶貝就是這口棺材？

這時，我身上的傷很重，全身疼得抽搐，感覺很難過，連說話都很困難，更不要說走路了。但是我不敢耽誤時間，草草地紮了個火把，舉著火把，一腳深一腳淺地摸索著，沿著山谷向前走去。

我一邊走，一邊順手把地上的荒草點著，很快就燒起了一大片野火。

我之所以燒野火，實在是因為樹林裏太黑暗了，大半夜的，我雖然膽子大一些了，但是也很害怕，只好燒火來給自己壯壯膽。

就這麼著，我一路向前走了大約兩三百米，眼看來到了山谷盡頭，馬上就可以走出去了，鬆了一口氣。

回頭看我剛才走過來的路，一大片火星閃爍，有的地方火還在燒著。我手裏的火把早就沒有煙氣了，四周又變得黑暗下來，只能依靠後面的野火勉強照明，我蹲下來，摸索著地面，想要再找點乾草點火把，但是這麼一摸，我就發現了地面的異常。

地面上居然沒有草，而是一片濕潤的泥土，而且有很多土疙瘩。這樣的地面，像是被人工翻挖過的。這種翻挖的地面一般都是在農田裏，這荒山野林的，怎麼會突然出現這麼一塊被翻挖過的地面呢？

我又用腳踩著地面，發現地面很鬆軟。我踩著地面前後左右走了走，發現這塊地面積不大，南北長大約有三四米，左右不到兩米寬，我又點了根火柴，看到是一塊黑乎乎的地面在雜亂的草叢中，而我正好就站在這塊地上。

這麼小一塊地方，顯然不是用來種莊稼的，更像是藏什麼東西用的土坑。這塊被翻挖的地雖然突兀，但是也說明附近應該有人家，這對我來說，顯然是一個好消息。

我熄滅了火柴，彎腰爬到旁邊的草叢裏，繼續摸索著想要找些乾草，再點個火把。

這時候，我身後的野火已經連火星都沒有了。山林夜晚露水重，而且又正值夏天，草木汁水旺盛，本來就很難點著，這麼快熄滅也算正常，我又陷入了黑暗。

不過，值得慶幸的是，我這時已經走到了谷口，樹木有些稀疏了，已經可以見到了天了。天上沒有月亮，掛著陰雲。

樹林裏雖然黑暗，但是也不至於伸手不見五指，仔細看的話，還是能看到一些模模糊糊的黑影子。

我從小在山村長大，走夜路的次數很多，所以有很好的夜視能力。我發現四周的草叢都被人踩踏得亂七八糟，草根上僅有的乾草也都被踩進稀泥裏了，浸了水，根本就點不著。我只好摸索著繼續向前爬，想要找一處沒有被踩踏過的草叢，不知不覺地就全身掩進了草叢之中。

這個時候，我突然聽到一陣低沉的人聲傳來，接著，看到山谷入口處的方向，閃過微弱的手電筒燈光。

乍看到那燈光，我還以為是姥爺來找我了，激動得差點站起來大喊，可是，我剛要站起身的時候，卻聽到一陣女人的哭聲。

我不由得一愣，停住了動作，縮身在草叢裏，豎耳聽著外面的動靜，從長草的縫隙中向外面偷看。

從山谷口走進來的，一共有五個人。一個人在前頭打著手電筒領路，身材很高大，後頭跟著四個人。確切地說，是跟著三個人，其中一個人背著手，兀自走著路，另外兩個人則左右分開，手裏拖著一個女人。

那個女人的面目我看不清，但是看姿勢，好像是被反綁著的，而且她的哭聲很悶，大概嘴巴也被堵了起來。

那五個人進了山谷之後，就直接向我剛才發現的那塊被翻挖過的地方走了過來，目標很明確。

領頭的那個人不時轉身對後面的一個人說道：「就在前頭，小少爺，這次咱們可是冒了很大的風險，使了很多票子才辦成這個事情的，您這次回去，可不能虧待了兄弟們。」

「哼，許三，這個事情你儘管放心，只要事情辦成了，我自然不會虧待你們。」那個人開口低聲地回答了一句。

那個人一開口說話，我立刻就發現那個人並不是本地口音，而是一種很好聽的，有些抑揚頓挫，咬字非常清晰，像是唱歌一樣的聲音。

我沒見過世面，只是偶爾聽過這樣的口音，聽大人們說，這個叫普通話，據說，等我上學了，也要學這個說話的腔調。我母親還和我說，咱們的口音叫侉子音，不好聽，一聽就是鄉下人，讓我以後上學了，好好學這個口音。

不過，除了那個人，其他幾個應該都是本地人，因為他們的口音和我一樣，那個被他們抓住的女人，她嗚嗚哭的時候，發出的聲音也帶著本地腔。

我心裏開始打起了嘀咕，感到有些害怕。從這一行人的情況來看，除了那個被抓住的女人，其他四個男人應該都不是好人，好人顯然不會在大半夜裏抓著一個女人往山林裏鑽。

那幾個人來到那塊地旁邊之後，三個男人一起動手，用鐵鍬開始翻挖起來。他們挖地的時候，那個女人被他們扔在旁邊的地上，由那個外地人看著。

「小少爺，我說，這娘們等下你準備怎麼處置？」

挖了一會兒，其中一個男人抬頭對那個外地人說道，「這娘們不能留，那個劉大傻是她的弟弟，這娘們要是跑出去了，肯定會去告我們的。」

「嘿嘿，許三，這個事情，難道還用我說嗎？你不覺得，這土坑挖好之後空得慌嗎？你就不想給這土坑裏埋點什麼東西嗎？這個還要我教你？」那個外地人陰陰地笑著說，摸索著點了一根菸，蹲在坑邊上抽了起來。

「好咧，明白了，小少爺。」許三打了個響指，低頭繼續挖坑，不一會兒忽然發出一聲興奮的低喝，讓其他兩個人停手，拿著手電筒對著土坑裏照著，說道：「快，拖上來，拖上來！」

我總算明白這塊新鮮泥土的來歷了。這個土坑原本就是這些人挖的，他們在下面埋了什麼東西，現在他們是回來取東西的。

而且，看來他們藏的不是一般的東西，說不定是偷來的寶貝。這夥人應該是一群賊，他們偷了好東西，但是當時不方便拿走，就埋在這裏。

這麼一想，我感到十分好奇，想要看看他們埋了什麼。我悄悄撥開草叢，向前爬了爬，到了一個正好可以看到谷底全景的位置。

這時候，由於許三一叫，那個外地人和其他兩個男人都滿心興奮地看著土坑，所以沒有發現我這邊的動靜。

他們這麼一下子聚到了土坑邊上，旁邊那個女人就沒人看守了。那個女人只是被綁住了雙手，封了嘴巴，雙腳並沒有被綁，她很容易就翻身爬了起來，然後悶頭向著旁邊的樹林跑去。

不過，她有些慌亂，跑動的動作有些大，腳步聲很快就驚動了那幾個男人。那個外地人最先反應了過來，一把奪過許三手裏的手電筒，向那個女人照過去，對許三等人揮手道：「先別弄這裏了，快，把她抓回來！」

許三和兩個男人一起朝著那個女人追過去，很快就把那個女人按倒在地，然後抓著那個女人的頭髮和衣服，把她拖了回來。雖然她兩腿拼命亂踢亂蹬，但沒有辦法掙脫，一直被拖到了土坑邊上。

「小盧，你按住這個女的，許三，你和驢子把棺材拖出來，把裏面的屍骨請出來，塞這女人進去，我看她還怎麼跑！」

見到女人掙扎得厲害，外地人很陰冷地說完，踢了女人一腳，轉身拿手電筒接著照土坑，讓許三和另外一個人繼續搬裏面的東西。

許三和驢子跳到土坑裏，哼哧哼哧搬了半天，終於拖出了一個東西。東西拖出來之後，立刻暴露在外地人的手電筒燈光之下。我一看，發現那居然是一口大紅棺材，頭大尾巴小，上面的漆層閃著光澤，看上去很新。

我心裏生起了疑問，他們是賊，應該是來挖寶貝的，卻挖出了一口棺材，難道說，他們藏的寶貝就是這口棺材？

這種大紅棺材，在農村是很少見的，一般來說，不是活到七十歲以上的老人，是不能用這種顏色的。因為人生七十古來稀，過了七十歲才去世，那就是喜喪，所以棺材也用紅漆。而且，這口棺材很新，下葬最多也就幾天時間，也就是說，這棺材是一個剛剛去世的老人的棺材。

那個年頭，大家都很窮，下葬的棺材裏肯定沒有什麼寶貝，他們挖這麼一口棺材，如果不是想要那口棺材的木料，那就找不出更好的理由了。

他們把棺材拖出來之後，外地人來到棺材邊上，拿著手電筒把棺材前後照了一遍，有些激動地對另外三個人說：「打開！」

「小少爺，這個，打開可以，但是，你可千萬別害怕，這裏面的女屍，可是完全沒有腐爛的，跟活的一樣。」許三拄著鐵鍬，點了根菸，對外地人說道。

「哈哈，對啊，不但沒腐爛，小女人俊著呢，衣服都爛了，光溜溜的，看著饞死人，當時三哥看到了，差點沒把她姦嘍！」許三旁邊那個叫驢子的人笑起來。

「閉嘴，你找死是不是？」許三揮著鐵鍬把驢子趕開，這才回身看著外地人。

外地人兩眼盯著那口棺材，眼神很陰鬱，過了老半天，才沉聲說道：「你們都退開！」說完，自己走上前，只用一隻手，竟然硬生生把棺材蓋推開了。

「嘎啦！」一聲悶響，棺材蓋子滑到一邊，敞開了口子。

棺材打開之後，外地人拿著手電筒照著棺材裏，俯身進去一通摸騰，找了大半天，這才喘了口粗氣，對許三等人說道：「你們過來，把她拖出來，我要看背面，還有棺底。」

許三和驢子一起上前，一個俯身到棺材尾，一個站在棺材頭，兩個人一用力，從棺材裏抬出了一具屍體。

那具屍體抬出來的時候，正好被外地人的手電筒燈光照著。我雖然隔得遠，但是也清楚看到，那是一個白白的女人身體，身上光溜溜的，連一塊布都沒有。

那個女人的頭髮很長，黑黑的一大把，全身僵硬得直挺挺的，圓圓的胸脯挺得老高。她的兩腿筆直併著，皮膚在燈光的照耀下，甚至顯得有些半透明。驢子搬的是屍體的雙腿，許三搬的是頭。

可能許三太害怕了，不敢直接用手搬女屍的頭，所以，他用一根麻繩套在女屍的脖子上，拖著繩子，把女屍拎著。

女屍的兩臂很自然地從身體兩側垂了下去，那一下的動靜，把幾個男人都嚇了一跳。

「翻著放在地上。」外地人指揮著，接著他蹲到一旁，伸手在女屍身上摸索著，好像在找什麼東西。

在女屍身上沒有找到，外地人又俯身到棺材裏仔細找了一遍，最後好像還是沒找到，他有些洩氣地嘆了一口氣，站起身來。

外地人找東西的時候，許三和驢子一直抽著菸，一前一後，站在那具女屍旁邊。

許三有些不耐煩地掐滅菸頭，出聲問道：

「我說小少爺，你到底找到你要找的東西沒有？咱們可先把話說好了，我們是完全按照你的吩咐辦事的，你找不找得到東西，這酬勞可都不能少。」

「對啊，小少爺，你也知道，這次負責查案子的那個林士學，可是軟硬不吃的主兒，我們弟兄為了瞞過他，可是費了不少勁兒。所以，小少爺，你這酬勞可不能少啊！」驢子也附和道。

外地人冷哼了一聲，看著許三和驢子，有些不屑地說：「你以為你們那些把戲，真的可以瞞得過林士學的眼睛？我實話告訴你們，是我從上面給他施加了壓力。」

「喲呵，聽小少爺這口氣，是不想付弟兄們的酬勞啊！」

許三等人有些不高興，搭上腔，提起了手裏的鐵鍬，看樣子是想要對外地人動手。

外地人雖然孤身一人，卻並不驚慌，他不屑地掃視了許三等人一眼，撇嘴說道：

「許三，你們也不要太貪心了。酬勞嘛，我自然不會不給你們，不過話說回來，你們在古墓裏走了一圈，雖說我只讓你們偷這口棺材，但是，據我所知，其他東西你們好像也沒少拿，那些可都是價值連城的寶貝，用那些東西做你們的酬勞，我猜應該也不少了吧？」

「嘿嘿，小少爺這個話可就說得差了，先不說我們有沒有拿那些東西，就算我們拿了，那也是我們自己弟兄的營生，和小少爺沒有關係。何況，那些寶貝值錢是值錢，但是現在風頭緊，到處有人查，我們就算拿在手裏，也不知道什麼時候能出手。那些寶貝再值錢，砸在手裏，也是一文不值不是？再說了，十萬塊，對於小少爺您來說，不過是九牛一毛，您不會是捨不得給我們吧？」許三拄著鐵鍬，陰著臉問外地人。

外地人冷哼一聲，拿手電筒照了照許三，反問道：「看這樣子，我今晚要是不給錢，你們是不會讓我走了，是麼？」

「嘿嘿，我們弟兄可不敢冒犯小少爺。但是嘛，小少爺，您也應該知道，我們弟兄從來幹的都是刀口營生的活計，我們都是按規矩辦事，小少爺您要是不方便付錢給我們，我們也就只好請小少爺委屈一下，在咱們這裏待幾天了。您放心，只要拿到錢，我們立刻就放了小少爺！」

許三向前走了一步，已經想要上去抓那個外地人了。

「真是狗膽包天，你們知道我是誰麼？竟然敢對我動手！」外地人冷喝一聲，手電筒一晃，抄手從腰裏抽出一根黑乎乎的、一尺多長二指來寬的木板，對許三說道：「你們以為本少爺就一個人，你們就可以為所欲為了？」

「哼，小少爺，您還真別說，我們弟兄已經算對你客氣了，現在小少爺您想要試試我們弟兄的身手，我們也只好奉陪了！」許三說著，揮著手裏的鐵鍬就向外地人拍了過去。

外地人也不緊張，一下子關了手電筒。這麼一來，山谷裏立即陷入了黑暗。

「驢子，驢子，快，快拿咱們備用的手電筒！」

黑暗中，我聽到許三大喊著，接著是一陣雜亂的腳步聲，似乎那個外地人和許三等人在黑暗中動起了手。

這時候，我的眼睛已經適應了黑暗，看到外地人揮舞著手裏的黑木板，繞到許三身後，對著他的腦後輕輕一擊，許三悶哼一聲就倒在了地上。

許三倒下之後，驢子的手電筒才亮了起來。

「小盧，快，別他娘的按那個女人了，三哥被放倒了，過來跟我一起捉這狗日的！」

驢子一照，發現許三趴在大紅棺材旁邊的女屍身上，卻不見了外地人的蹤影，不由得緊張地大喊著，一手拿著手電筒，一手拿著鐵鍬，向許三跑了過去。

這時，那個一直按著被綁起來的女人的小盧也反應了過來，抄起鐵鍬，也向許三衝了過去。

兩個人這時候都只看到了許三倒在地上，卻不知道那個外地人跑到哪裡去了。但是，躲在遠處的我卻看得一清二楚。

我清楚地看到，驢子打開手電筒之前，那個外地人一下子把許三擊倒之後，一個翻身，悄無聲息地躲進了那口棺材裏。

看到驢子和小盧沒頭沒腦地向許三趴著的地方跑過去的時候，我這才明白外地人的用意。

很顯然，外地人知道好漢架不住人多，而且還是面對一群亡命之徒，所以正面作戰，他可能還真不是這些人的對手。但是，他手裏那個黑木板可以一下子就把人打倒，我猜那應該不是普通的東西，不然不會這麼厲害。

外地人應該是從一開始準備動手的時候，就一直在籌畫著怎麼打倒這群亡命之徒了。他一定是在滅掉手電筒之前，先閉上了眼睛，讓自己的眼睛已經適應了黑暗的環境，所以他猛然滅了手電筒之後，就沒有像許三等人那樣暫時看不見。

而他就抓住這個短暫的時機，打倒了許三，贏得了先機。他躲進了棺材，不但隱蔽得非常好，而且讓其他賊人難以猜到他的隱藏地點。畢竟，一般人對棺材都是很忌諱的，沒有人會往棺材裏躲。這時，驢子和小盧只會以為他摸黑逃跑了。

從這一點可以看出，那個外地人不管是身手還是智謀，都非常厲害，再加上他有一塊厲害的黑木板，就更加如虎添翼了。我不禁對他感到一陣敬佩，沒想到他面對三個亡命之徒，居然還如此遊刃有餘，鎮定自若。

驢子和小盧彎腰想去扶許三，而他們一彎腰，手電筒的光線自然就向下壓低了很多，照不到棺材口了。就在這時，外地人猛地從棺材裏翻身飛跳出來，手裏的黑木板凌空一點，點到了驢子的後腦上。

驢子被點之後，連哼都沒哼一聲，就身體一軟，倒在地上，正好壓在許三身上，手電筒和鐵鍬都丟到了一邊。

「吸，吸魂板？」

這時只剩下小盧了，他嚇得全身哆嗦起來，抱著鐵鍬看著外地人手裏的黑木板，聲音都有些顫抖。

「哼，只會道聽塗說，這個東西叫做象笏，懂麼？不過你說是吸魂板也對，確切地說，應該叫做攝魂象笏，閻王的判官拿的東西。」外地人很不屑地說道，眯眼看著小盧道，「怎麼，你也想試試？」

「別，別殺我，我，我不要錢，我，我，我走，行麼？」小盧連忙丟掉手裏的鐵鍬，轉身就想跑。

「晚了！」外地人低低說了一聲，抬手就把攝魂象笏擲了出去，正好擊中小盧的後腦勺。

小盧保持著奔跑的姿勢，僵硬地趴跌到地上。

把小盧解決之後，外地人冷笑著，上前撿起象笏，重新插回腰裏。他轉身走回來，撿起手電筒，發現地上還躺著被綁著的女人，皺了皺眉頭，蹲下身，拿手電筒去照女人的臉。

女人親眼看到外地人一下子把三個人打死，嚇得全身哆嗦起來。她見外地人向自己走過來，還以為他要把自己也殺了，驚得連連搖頭，「嗚嗚」地叫起來。

「什麼味道？」

外地人蹲下身，吸了吸鼻子，低頭一看，厭惡地吐了一口唾沫道：「真是個沒見識的女人，這麼點事情就嚇得尿褲子了，騷氣！」

外地人把女人嘴上堵著的布扯了下來。

「求求你，別殺我，別殺我！」

女人能開口說話之後，立刻跪在地上，不停地對外地人磕頭。

「放心吧，我不會殺你的，不過，你要給我安靜一點，不然我保不準會不會動手！」

女人立刻就噤了聲，然後又低聲很恐懼地問道：「那，那我能走了麼？」

「你可以走，不過要等一下。」外地人從地上撿起一把鐵鍬，丟到女人面前，然後解開她身上的繩子，說道：「挖坑，把他們埋了。」

女人戰戰兢兢地拿起鐵鍬，跳進土坑裏，開始挖了起來。她是農村婦女，長得很粗壯，幹活肯定沒問題。

女人挖坑的時候，外地人拿著手電筒，再次來到大紅棺材邊上，圍著棺材四下查看起來，還在找東西。

這時候，我已經知道這些人確確實實是壞蛋了。雖然我不知道他們到底是幹什麼的，但是外地人居然敢殺人，那就說明他是一個無法無天的惡賊。對於這樣的人，自然會生出恐懼，更何況我年紀那麼小。

我全身是傷，又看到了棺材、女屍和殺人，就算我再堅強，也已經陷入無比的恐懼之中了。見到山谷平靜了下來，我就準備悄無聲息地逃離了。

除了外地人拿手電筒照著的地方，山谷裏其他地方都是一片黑暗。我伏身在草叢裏，悄悄轉身，準備爬上高坡離開。

就在我準備轉身的時候，突然感到右邊耳朵上一陣毛茸茸的酥癢，我本能地轉身向後看了一下。

借著外地人手電筒的微弱光亮，我很快就看清了背後的狀況，我登時驚得差點叫了出來，幸好我反應很快，馬上捂住了自己的嘴巴，不然肯定就暴露了。

我扭頭之後，看到一雙黑溜溜的眼睛，再細看一下，居然是一個隱藏在草叢中的毛茸茸的羊頭，還見不到牠的身體。

但是，看著羊頭上的眼睛，我卻很疑惑。因為我發現那眼睛並不是山羊的眼睛，我對山羊並不陌生，山羊是圓鼓眼，但是這隻山羊的眼睛卻是深陷的。

再次細看之後，我確定了自己的想法，這隻山羊的眼睛大得有些過分，而且眼皮是陷在羊皮後面的，感覺就像從一個小孔中看到了一個人的眼睛一樣。

想到這裏，我驚得出了一身冷汗，不知道這個山羊頭到底是個什麼玩意兒，又怎麼會出現在我身後。

山羊頭此時正直愣愣地瞪著我，一動不動。我於是小心地伸手去扒牠脖子邊上的長草，想看看牠後面的身體。山羊突然「咩——」地叫了一聲。

這一聲叫喚，驚得我渾身一個激靈，差點跌坐到地上。牠這麼一叫，外地人就會過來查看，也就很有可能會發現我了。我很緊張，馬上轉身向草叢裏爬，想離那個山羊頭遠一點。

這時，山羊頭再次發出了一個聲音，卻不再是山羊的叫聲了，而是人的聲音。

「小子，看得爽不？」一個低沉沙啞的聲音響起。

山羊說話了！我感到像是被丟進了冰窖裏，身體不由得像篩糠一般哆嗦了起來，大睜著眼睛，驚愣地看著山羊頭，幾乎不敢相信自己的眼睛和耳朵。

就在我驚慌不知所措的時候，一個讓我更加驚懼的狀況發生了。山羊頭下面的草叢裏，伸出了兩隻細長蒼白的手臂，猛地抓住了我的腳腕，接著，我感到兩腿被突然一拖，整個人失去了重心，向後跌倒在草叢裏。

我還沒來得及掙扎，就聽到一陣沙啞的長笑聲，然後感到整個人凌空而起，被人抓著腳腕，倒提著走出草叢。

「哈哈哈，小少爺，別來無恙啊！」

出了草叢之後，我才看清那個提著我的人是什麼樣子的。那個人身材佝僂乾瘦，全身散發著一股極重的陰氣，氣味也很腥臭，他的身上披著一張似乎是剛剛剝下來的山羊皮。更變態的是，他不但披著山羊皮，還把山羊皮的頭部硬生生地套在自己頭上。這樣一來，山羊頭就變成了一個面具，遮住了他的面目。

「羊師父，你怎麼來了？」見到這個披著羊皮的怪人，外地人沒有驚愕，非常淡定地微笑著問道。

「嘿嘿，小少爺，你可沒留神啊，出手的時候，旁邊躲著一雙眼睛，怎麼沒有發現呢？」羊皮怪人把我扔到外地人腳邊，「幸好只是個小孩子，不然這事可就麻煩了。」

外地人臉色一沉，拿起手電筒對我一照，發出一聲冷哼。

我本能地舉起手擋住光線，摸索著起身，向後面跑去。這個外地人可是殺人不眨眼的，我偷看了他的秘密，他肯定會殺了我，所以我一定要趕緊逃跑。

我心裏這麼想著，看到手電筒光線背後的暗影之中，外地人伸手從腰裏抽出了黑色木板，抬腳向我追了過來。

「這個小孩偷看了我的秘密，留不得！」外地人邊追邊喊道。

我本來就害怕，再聽到這句話，嚇得一邊跑，一邊大聲地哭喊起來，樣子極為狼狽。

「姥爺，救命啊！救命啊！」

我身上受傷了，再加上人小腿短，根本跑不快。我知道，外地人肯定馬上就要追上我了。我極度驚恐地跑著，幾乎已經可以感覺到，那塊取人性命的黑木板帶著冷颼颼的風聲，向著我的後腦勺上落下來。

我真實地感覺到了死亡的恐懼，甚至感到死神對我伸出了鐮刀，那把鐮刀在我的脖子上滑動著，冷刃冰涼。

「姥爺，救命！」

我一下撲倒在地上，聲音已經沙啞了，那一聲呼喚幾乎是用盡了全身的力氣呼喊出來的。

「閉嘴，不然殺了你！」

就在我以為自己必死無疑的時候，卻聽到一聲冷喝，接著，一隻冰涼的手猛然掐住我的後脖頸，把我拎了起來。

我抬頭一看，這才發現，抓住我的居然不是外地人，而是羊皮怪人。怪人抓著我，惡狠狠地呵斥了一句，我嚇得立刻縮著肩頭，拼命點頭，不敢再喊一聲。

我雖然再次被抓住了，但好歹保住了小命。不殺我就好啊！

我不自覺向外地人看去，看到他此時竟然拿著手電筒，聚精會神地看著地上的一個東西。

很顯然，他本來是準備來追殺我的，但那個東西中途吸引了他的注意力，讓他放棄了對我的追殺。到底是什麼東西，竟然對他如此大的吸引力？難道說，他找到自己想要找的東西了？

這時，外地人從地上撿起一個小玩意兒，來到我面前，用手電筒照著我的臉，對我攤開了手掌，問道：「小兄弟，這東西是你的？」

我聽他這麼一問，向他手上看去。我驚愕地看到，外地人手上的東西，正是姥爺給我的歡喜傀。

「我，我在路邊撿來玩的。」雖然我不知道外地人有什麼目的，但是，我知道他是壞人，所以我沒有對他說實話。

「哦，在哪裡撿到的？」外地人抬頭和羊皮怪人對望了一眼，不動聲色地點了點頭。

「我，我，我想不起來了，我，我從懸崖上掉下來了，我，我全身都疼。」我看著外地人，有些害怕地說道。

「呵呵，小兄弟，別害怕，我們不是壞人，來，你帶叔叔去找你撿到這個東西的地方，叔叔給你買糖吃，好不好？」外地人蹲到我面前，擠出一個笑臉對我說道。

我這時才完全看清這個外地人的樣子。他很年輕，二十歲左右，人很瘦削，臉色有些青白，五官突出，笑起來時眼睛瞇成一線，有點像狐狸。我立刻想起母親教過我的一些相面方法，知道外地人是典型的笑裏藏刀狐狸臉，這種人是絕對不能相信的。

「我，我想不起來了。」我低下了頭。

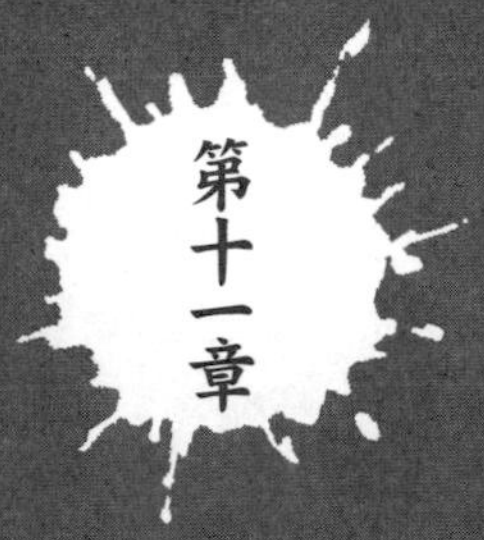

第十一章

吸血的羊頭

身後的樹林腳步聲響起，羊皮怪人拖著一個女人從樹林裏走出來。
女人長髮披散著，身上沾滿黑血，頭髮和衣服都被血浸透了。
她的頭歪著，好像血還在繼續流，一路拖過來，留下了一路血跡。

狐狸臉看看我，皺了皺眉頭，對羊皮怪人說：「看樣子他真是從懸崖上掉下來的，這小子倒是命大。羊師父，你看怎麼辦？」

「小少爺，既然找到了，也就不枉這趟出來了，回去對老太爺也有個交代不是？」羊皮怪人嬉笑了一下，抓著我的脖頸向後拖了拖，然後側身斜眼看了看我，對狐狸臉說道：「不過，小少爺可看出來這個小子的奇特之處了麼？嘖嘖，小少爺，要不把這個小子賞給我吧，我這會兒正渴得慌，正好拿這小子解渴。」

「羊師父，你還是稍微忍耐一下吧，這小子和本門的重要物件有關聯，雖然不知道真假，但是事關重大，我們還是先不要傷了他為好。」狐狸臉上前來低頭看看我，咂咂嘴道：「羊師父，你先幫我看著這小子，我去看看那個女人挖好坑沒有，等下我了結了她，咱們就一起回去。」

「是，小少爺。」羊皮怪人又把我一抓，蹲下身用羊臉蹭著我的腦袋，嚇唬我道：「小傢伙，你要是敢哭鬧，我就掐死你，知道麼？」

「我不哭，我不哭！」

我哪裡見過這麼噁心又怪異的人啊，被他一嚇，我立刻哆嗦著點頭答應了，身子縮成一團，蹲在地上，動都不敢動。

見我嚇壞了，羊皮怪人嘿嘿一笑，得意地站起身，向狐狸臉望過去，臉色卻變了一下，出口問道：「小少爺，怎麼了？」

「又跑了。」狐狸臉有些生氣地冷聲說道。

「小少爺放心，我去追，奶奶的，等下追回來，我吸了她的血，用石頭砸死她，讓她再跑！」羊皮怪人說著，把我提起來，交到狐狸臉手裏，轉身就去追逃跑的女人了。

看著羊皮怪人離開了，狐狸臉掃視了一下四周，目光又落到我的身上，看得我打了一個寒戰。

「好好待著，不許動，不然我把你埋進坑裏！」

狐狸臉冷聲警告我之後，轉身拖著一個死在地上的人的腿，把他扔進了土坑。扔完一個，狐狸臉又去拖另一個。片刻工夫，先前被他打死的三個人的屍體，疊躺在了土坑裏。

那個土坑本來就很大，後來又被女人挖大了一些，躺著三具屍體，還是寬綽的。

把三具屍體扔進土坑之後，狐狸臉回到大紅棺材旁邊，看了看地上的女屍，低聲喃喃地說了些什麼，彎腰把女屍抱了起來，重新放進棺材裏，但是並沒有關上棺材蓋。然後狐狸臉走到棺材的一頭，竟然生生將棺材推進了土坑裏。棺材大頭朝下滑進土坑，正好壓在那三具屍體上，把他們的屍體掩蓋了起來。

狐狸臉拿起鐵鍬，開始往土坑裏填土。我發現他並沒有注意我，就準備逃走。

就在這時，我身後的樹林裏響起一陣窸窸窣窣的聲音，接著腳步聲響起，羊皮怪人拖著一個女人從樹林裏走了出來。

羊皮怪人還沒有走近我，一股腥臭的血腥味就撲面而來，我差點吐了出來，抬眼仔細一看，剛才逃走的女人，此時耷拉著腦袋，雙腿拖在地上，正被羊皮怪人抓著手臂往這邊拽。

女人被拖動的時候，手臂還在一動一動的，卻非常無力，等到羊皮怪人拖著她路過我身邊的時候，我才看清了她的樣子。女人長髮披散著，身上沾滿黑血，頭髮和衣服都被血浸透了。她的頭歪著，好像血還在繼續流，一路拖過來，留下了一路血跡。

「嘿嘿，小子，要不要來一口？」羊皮怪人拖著女人路過我身邊時，忽然側過身，陰仄仄地笑著問我。

我抬頭看他，發現那包著他的臉的羊皮掀起了一角，露出了他的嘴巴。他的嘴巴上全是血，大笑的時候，露出來的牙齒上也沾著血。是他，把女人的脖頸咬斷了，喝了女人的血，他是吸血鬼！

「啊！」看到羊皮怪人嘴裏兩排血色的牙齒，我不由得發出一聲驚呼，向後滾了好幾圈，然後雙手抱膝縮在地上，連頭都不敢抬起來。

現在，我終於知道我遇到的是多麼可怕的人了。這些人不光是壞人，他們壓根兒就不是人，而是比惡鬼還恐怖的吸血鬼。

「小少爺，搞定了，嘿嘿，這女人血氣飽滿，喝得真爽。」羊皮怪人把手裏的女人一甩，扔進了土坑中的棺材裏，然後打著飽嗝，也從地上拿起了一把鐵鍬，動手鏟土填坑，說道：「小少爺，你歇著，讓我來就行了。」

「好。」狐狸臉扔掉鐵鍬，拿著手電筒幫羊皮怪人照亮，並且不時四下看著。

這時候，我其實有很好的機會逃走，但是，我已經快嚇死了。我雖然想跑，卻沒有力氣，上下牙「得得得」地打著顫。

聽到我發出的聲音，狐狸臉皺了皺眉，把我拖到土坑邊上，扔在他腳邊。

「小子，我再給你最後一次機會，說，那個小人偶，你是從哪裡得來的？你要是不說實話，我馬上就把你扔進棺材埋掉，你信不信？」見到我嚇成了這個樣子，狐狸臉蹲下身，抓著我的脖頸問我。

「我，我說實話，那是，是我姥——」

我被嚇得六神無主，於是準備把實話告訴狐狸臉，可就在我一句話沒有說完的時候，卻忽然感到渾身一冷，全身都僵硬了，舌頭也變直了，說不出話來。

狐狸臉和羊皮怪人這時觸電一般從地上彈了起來，跳離了那個土坑，齊聲低呼道：「陰屍！」

「快走，這裏不宜久留！」兩個人跳開之後，不再管我，轉身就跑。

我也發現了異常狀況。一股黑氣，正氤氳翻騰著從土坑中的棺材裏蔓延而出，向我包圍過來。黑氣如同觸手一般，在我身上越纏越多。狐狸臉和羊皮怪人覺察得早，跑得快，沒有被黑氣纏住，他們似乎非常害怕這些黑氣。

就在他們剛逃離的時候，樹林裏忽然傳出一陣低沉駭人的大笑聲，接著，一條黑影從樹林裏衝了出來，一個飛撲，抱住了羊皮怪人，一起滾倒在地上。

「啊——」

羊皮怪人發出一聲淒厲的慘叫，和那個黑影一起滾進了山谷的荒草中，翻騰廝打起來。

狐狸臉滿臉驚慌地拿手電筒照了他們一下，想要上前幫忙，但是轉身又照了一下我，就打消了幫忙的念頭。

此時，我身邊的土坑裏，黑氣已經越來越凝重，把棺材都遮蓋住了。狐狸臉對黑氣很忌憚，站在山谷邊的高坡上，他遙遙地對羊皮怪人喊了一句：

「羊師父，陰屍怨氣爆發，這裏太危險了，小侄就不等師父了，先走一步，咱們京城見！」

說完，他就轉身跑進山林之中，身影很快消失了。

不過，狐狸臉還算有點良心，他把手電筒夾在一個樹杈上，讓燈光照著山谷。

這時候，羊皮怪人還在和那個黑影在草叢裏廝打著，我看不清他們的戰況，卻清楚地看到身邊的狀況。黑氣如同滾滾洪水一般，在山谷裏蔓延開來，也不知道到底延伸了多遠，總之，我周圍已經完全陷入了黑氣的籠罩。

黑氣幾乎把手電筒的光芒都遮擋了，我只能勉強看到一點模糊的亮光。這時，我反而不是很害怕了。因為，最讓我感到害怕的，正是狐狸臉和羊皮怪人。狐狸臉一臉虛假的笑容，殺人不眨眼，羊皮怪人喝人血，殘忍可怖；現在他們一個逃了，一個被人纏住了，我反倒安全了。

狐狸臉逃走的時候，說什麼陰屍怨氣爆發，但是黑氣在我身上纏了半天，除了讓我無法動彈、全身僵硬之外，並沒有給我造成傷害。從這一方面來講，鬼似乎比人更安全可愛。

就在我剛剛鬆了一口氣的時候，不經意瞥眼看到身下的地面，登時把我驚得整個人差點跳了起來。

我身下的地面，不知道何時竟然變成了血紅色一片，不但血紅，而且如同無數糾結在一起的肉蛇一般，一點點蠕動著，泛起一層層血浪。

土坑裏開始湧出一股股惡臭的黑血，瀰漫著黑氣的土坑裏，棺材已經看不到了，只有一池不停冒泡翻騰的黑血。

「咕嘟嘟——」黑血冒著泡，散發出黑氣，向四周的地面噴射出一股股血水，如同溫泉的泉眼一般。

一股血水正好噴到我的臉上，我立時嗅到一股令人反胃的惡臭。

「哇——」

我一張嘴，吐出了一口血水。我從懸崖上跌下的時候，受了很重的內傷，體內有很多淤血，這一下吐出來，就一發不可收拾，吐出了一大灘黑血。吐出來的黑血落到地面上，很快被蠕動的地面吸收，消失了。

這時，我隱隱聽到了「咕咚」一聲悶響，從黑色血池裏傳了出來。現在那一池黑血之中並沒有活人，裏面除了死人還是死人，而這一聲悶響，是有人敲動棺材的聲音。這意味著什麼？血池裏詐屍了！

「咕咚，咕咚。」又是接連幾聲悶響，更加確定，血池裏肯定產生了不可思議的劇變。

就在我驚疑不定時，血池上的黑氣突然一滯，接著變淡了。一個東西從血水中飄蕩起來，浮到水面上。

當我看清楚浮上來的東西時，嚇得馬上閉了眼睛，連呼吸都屏住了。我只希望這一切都是在做夢，一個我無法忘記的噩夢。可是，撲面而來的惡臭卻不停提醒我，這一切不是夢，而是活生生、死脫脫的現實。

浮上來的是一具新鮮的女屍，就是剛才被羊皮怪人咬死的那個女人。此時，這具女屍四肢繃直，身體僵直，浮在血水之上。

她身上的衣衫被血水浸透了，長髮糾結在一起，沒在血水之中。她的臉上糊著一層血漿，讓她的面容不是很清晰。

我第一眼就看到了她微微揚起的下巴，血污的脖頸上有一個雞蛋大的黑色血窟窿。那個血窟窿應該是羊皮怪人咬的，就是他把女人的血吸乾的。

女屍脖子上血窟窿裏的血肉，此時不停蠕動著，不斷吸收著血池裏的黑氣。那些黑氣如同黑蛇一般，沿著血窟窿不停向女屍的體內鑽。

女屍變得越來越直挺，越來越膨脹，如同一隻充滿了氣的氣球，撐得她的衣衫緊繃在皮肉上，然後開始一點點裂開。她的面孔極度扭曲，嘴巴咧開來，露出了兩排緊咬的牙齒。

我看著氣球一樣的女屍，真擔心她會承受不住黑氣的膨脹，炸裂開來。

我心裏剛有這個念頭之後，女屍居然真的「砰」一聲爆裂了。血霧帶著肉雨劈頭蓋臉地鋪灑下來，灑遍了血池四周，把我全身沾染得沒有一處乾淨的地方。

那些血肉在我身上沾染之後，身下的血色地面開始生長出無數隻黑紅色的小手，沿著我的雙腳向上爬來，逐漸將我的全身都包裹進血色污泥之中。

「咯啦啦——」一陣陣骨骼被擠壓的響聲傳來，我感到窒息，身體如同被巨蟒纏繞一般。

我奮力抬動手臂，憋氣掙扎，卻根本無法阻止血土的延伸。血土一點點地蠕動到我的頭，快要把我整個人包裹起來。

兩個抱在一起的人影，互相廝打抓咬著，從半山坡的草叢裏一路滾到我面前。

「嘿，你羊爺爺喝了一輩子人血，咬了一輩子人，還從來沒被別人咬過，你這個鬼東西，居然敢咬你羊爺爺，今天羊爺爺就把你生吞活剝了，讓你知道你羊爺爺的厲害！」

羊皮怪人騎在另外一個人身上，一邊罵著，一邊伏身張大嘴巴咬了下去，頓時爆出了一股黑血。

瀰漫的黑氣此時也纏住了羊皮怪人。被黑氣纏住之後，羊皮怪人一聲悶哼，身體一滯，翻倒在地上，兩眼瞪得老大，恐懼地望著血池的方向，嘴裏還含著一大塊血肉，喉頭蠕動著，不知道是想把那塊血肉吞下去還是吐出來。

羊皮怪人倒地之後，他身下壓著的那個黑影卻緩緩地坐直了身體，從黑氣中站了起來。那個黑影居然還可以動！他居然沒有受到黑氣的影響，陷入身體僵硬的狀態。

這樣看來，那個黑影就算不是陰煞鬼屍，至少也不是一個正常人，不然絕對無法克制這樣的屍氣。難道說，他不是人？

就在我極度困惑時，那個黑影竟然一步一挨地走到我的面前，半跪在地上，一張滿帶黑血的臉湊到我的眼前。

我立刻認出了他。

「林士學?!」

在我剛看清林士學時，那些血泥剛好把我完全包裹了起來，一瞬間，我陷入了完全的黑暗。

我閉上眼睛的一刹那，看到林士學滿臉扭曲地大笑著，對我抬起了一隻手臂，手臂上戴著一隻血色手鐲。

接下來，我感到很窒息，但是卻非常清醒，竟然沒有昏死過去。

在我飽受窒息和污泥的惡臭折磨時，我感到自己的身體似乎正在移動著，雖然移動的速度非常慢。

我不知道這個時候林士學在做什麼，不過，我猜，他看到的我，應該是一個完全被血泥包裹起來的人形，此時正被蠕動的地面載著，一點點移向那個黑色血池。

我不知道陰屍到底是什麼，但是，大概能猜出來，陰屍這麼厲害，主要原因應該是它得到了食物。它的食物不是別的，正是那具新鮮的女屍和被壓在棺材下面的三具屍體。

陰屍想必是一種極為凶煞的古屍，一下子得到了四具新鮮屍體的滋養，讓它不但爆發出了凶戾的屍氣，還製造出了血池。

我現在首當其衝，成為了它頭一個要殺的活人。只是，我感到很奇怪，我並沒有上次那種被何青蓮的冤魂纏身的痛苦感覺。也就是說，陰屍雖然凶煞，但是鬼魂卻沒能上我的身。

我不知道它為什麼沒能上我的身，即使我被鬼魂纏過身，也不會增加我的身體對鬼魂的抵抗性。唯一的解釋就是，那個陰屍的鬼魂在纏著別人。

我立刻就想到了林士學。林士學在山頂的時候就詐了魂，現在又莫名其妙地出現在這裏，很有可能是被陰屍的鬼魂控制了。

一陣陣冰冷的感覺傳來，我感到包裹在身上的血泥開始變軟、脫落。血泥脫落之後，隨之而來的是汙臭無比的血水。我整個人浸在血水之中，緩緩下降。

我不敢睜眼，害怕血水鑽進眼睛裏。我只能緊攥拳頭，全身儘量抱成一團，得到一點自我安慰。

就在這時，我身下的血水之中，伸出了一雙冰涼的手臂，挽到了我的脖頸上，把我一路向下拖去。我感到窒息，不禁大呼了一口氣，卻喝進了一口血水，嗆得我抽搐起來。

不過，這麼一嗆，我的身體恢復了一點知覺，可以動彈了。我幾乎馬上就用盡全力掰開了脖頸上的手臂，雙腳拼命亂蹬，向血水上浮去。

「啊——」我的頭鑽出了血水，本能地張大嘴巴呼吸著，不敢停留，雙臂拼命揮舞划水，想要逃走。

這時，我看到一個高大的黑影來到血池邊上。那個黑影懷裏抱著一個黑東西，把東西向我的頭上砸了下來。

我定睛一看，這才發現這個黑影是一臉扭曲的林士學。而他砸下來的東西，正是那個全身僵硬，嘴裏還含著一塊血肉的羊皮怪人！

「砰！」羊皮怪人正好砸在我的頭上，把我又重重地砸進了血水裏。而我一被壓入血水之中，腳脖子上就是一緊，被一雙手死死地抓住了。

「咕咕，喔——」我拼命蹬腿想要掙脫，同時把頭上的羊皮怪人使勁推開。我好歹掙扎著讓腦袋露出了水面，口鼻上仰，大口地呼吸著。

我的頭露出水面的一剎那，視線之中卻又出現了一團黑色的東西。

「撲通——」那團黑色的東西劈頭蓋臉地又朝我砸了下來，有些還落進了我的嘴巴裏，我一嚼，這才發現，居然是泥土。

我一驚，抬頭一看，林士學此時竟然站在血池邊上，弓著腰，揮動著鐵鍬，向血池裏填土！

我急得整個人都快要爆炸了。

「你——」

我忍不住想要對林士學破口大罵，但是一張嘴，一口血水和泥土就鑽進了嘴巴裏，讓我又是一陣猛咳。血水底下的那雙手也越來越有力，把我一點點地向下拽去。

不，不要——

我發覺自己就要被血水淹沒，本能地揮舞著手臂，想要抓住些什麼，卻只碰到一鐵鍬一鐵鍬的泥土。

泥土劈頭蓋臉地在我的身體周圍堆積，把我一點點地向下壓，最後，我終於被泥土蓋住了，整個人被壓進了血水之下。

又是一陣窒息，我不知道喝了多少口血水，最後，我的身體沒有知覺了。

當我再次睜開眼睛的時候，發覺自己居然坐在一個棺材裏，棺材蓋子緊閉著，四周是完全封閉的。不過，我卻沒有感到窒息，甚至可以看得見。

此時我坐在一個穿著一身金紅色長裙的女人腳邊。女人雙手疊放在胸口，閉著眼睛躺著，看起來像是睡著了。

我不知道這個女人是誰。我聽到一陣陣低沉的呻吟聲，那是一個被什麼東西捆住或者壓住了，正在掙扎的女人的聲音。

坐在棺材裏，和一個女屍做伴，同時聽著這陰仄仄的、時遠時近的聲音，我的心裏發寒。

我不知道自己此時到底是醒著還是在做夢。我試著去推頭頂的棺材蓋子，女人此時突然動了一下，就像沉睡的人剛醒過來，眉頭微皺，身體微微側了一下，又縮了一下。

「嗯，咦，呀——」女人又接連動了幾下，發出一陣陣聲音。這下，我終於知道剛才那些聲音是從哪裡來的了。沒錯，聲音正是這個女人發出的。

女人烏髮如雲，面敷脂粉，正從睡夢中緩緩醒來，本能地伸手四下摸索著。

「砰，咚——」兩聲低沉的悶響，女人的手臂碰到了堅硬厚實的棺材壁。聽到這個聲音，女人猛坐起來，驚恐地四下看著。

當她發現自己居然是躺在棺材裏，驚恐地大叫了起來，伸手拼命地去推棺材蓋子。

我坐在女人腳底的位置，疑惑地看著這個女人，想要弄清楚到底發生了什麼事情，卻感到一陣陣冰寒，身體再次變得僵硬起來，動都動不了。

棺材裏的光線暗了下來，最後幾乎伸手不見五指了。女人似乎根本就沒有覺察到我的存在，似乎我是透明的。女人驚恐戰慄地呼號著，拼命捶打棺材壁，但自然是白費力氣。

古代的棺材，用的是厚重的榆木板，再用手指粗的棺材釘加榫卯，死死地釘卡在一起。普通老百姓家的薄口棺材，厚度也有二指，就是四釐米厚。有錢人家的棺材就更講究了，木板至少有四指厚，有些更是用上好金絲楠木或黃花梨木。這樣的棺材一旦釘死，不但堅固無比，斧頭都砍不開，而且密不透氣，可以保存屍體長期不腐。為什麼呢？因為棺材裏缺氧。

女人的衣衫很漂亮，棺材裏有很多珠寶陪葬品，一看就不是普通人家。她的棺材自然是極為結實的，這也就令她絕無生還的可能了。女人唯一能做的，就是在狹窄黑暗的棺材中等死。棺材裏面的空氣有限，女人掙扎得越來越厲害，我可以清晰地聽到她窒息而急促的喘息聲。

我可以想像得到女人此時絕望和恐懼的心情，她應該是被活著下葬的。或者說，那些埋葬她的人以為她已經死了，但是實際上，她並沒有死。

一個活人，被實實在在地釘在厚重的棺材之中，如果沒有開棺工具，想要從棺材中逃出去，是絕對不可能的。也就是說，就算是一個活人，一旦被裝棺埋到了地下，那麼最後都會變成一個死人。

被活埋的人感到冤屈，可以咒罵那些笨蛋，但是卻無法讓他們知道自己沒有死，要躺在棺材裏等死。而與此同時，在墳墓外面，說不定那些笨蛋們還趴在墓碑前哭得死去活來的，殊不知，就是他們把人活活置於無法復生的死地。

當一個人面對瞬間的死亡時，其實是沒有什麼恐懼感的，人甚至感覺不到疼痛就死了，這就叫「來個痛快」，死得迅速，也就沒有痛苦。真正讓人感到恐懼的，是那種知道已經沒辦法抗拒死亡，四周一片冰冷漆黑，孤獨的，一點點慢慢死去的感覺。

這個女人，顯然無法抑制自己的恐懼。她呻吟著，不停撞擊著、用手指撓抓著棺材壁。她的指甲在棺材壁的木頭上抓動時發出「咯吱吱——」的響聲。

女人被裝進棺材之前，應該是得了重病或者受了重傷，身體很虛弱。所以，她醒過來之後，好半天時間，連呼喊的力氣都沒有。過了一會兒之後，她總算恢復了一點力氣，可以喊出聲了，那聲音帶著淒涼和悲慘的感覺。

「救，救命，救命啊，啊——」

「咚，咚，咚。」她喊了一句之後，用腦袋撞擊棺材壁。但是，一切都是徒勞的，外面沒有人回應她。

她的呼吸越來越急促，慢慢的，她的聲音變得沙啞無力。最後，女人在一聲微弱的呻吟聲中，抽搐著靠在棺材壁上，沒有了聲息。棺材又重新陷入了寂靜之中。

第十二章

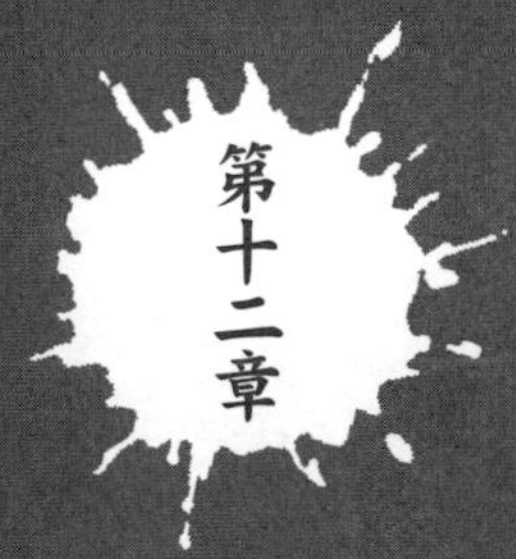

陰陽魂尺

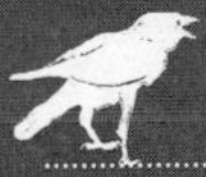

姥爺摸著我的頭，道：「大同，你小子的機緣不錯啊，
竟然讓你誤打誤撞就得到了這麼一個寶貝。
這玩意兒，姥爺可是找了一輩子都沒有看到影子啊。
快說說，這把尺你是從哪裡得到的？」

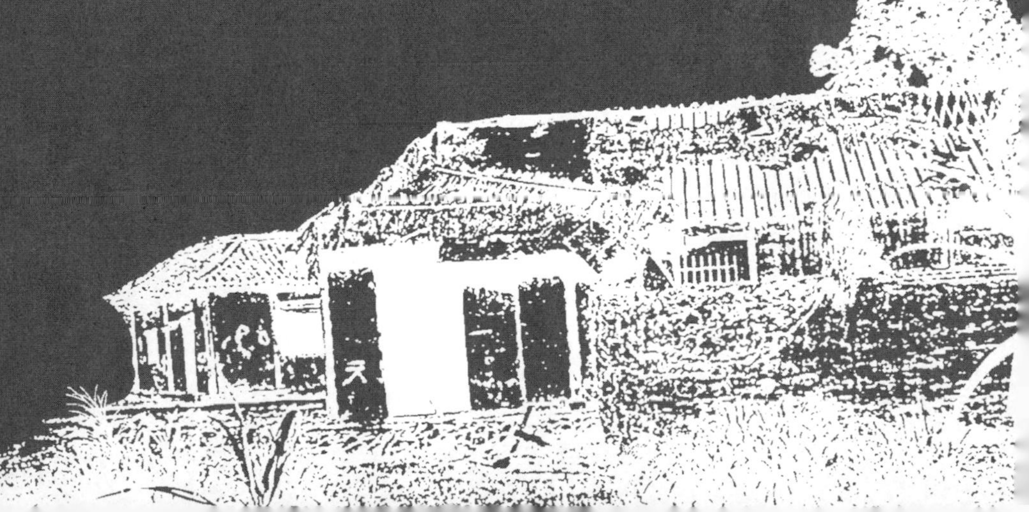

我坐在棺材的角落裏，靜靜地看著這一切，不知道自己到底是活著還是死了，也不知道自己現在要做什麼。

這時，我猛然感到一隻手抓住了我的手腕，那隻手如同水蛇一般，冰涼滑膩，我被它抓住的一瞬間，本能地戰慄了一下，猛地向後撤手。

那隻手並沒有因為我的掙扎鬆脫，反而抓得更緊，我感到一陣微微的清風拂過臉龐，緊接著，我猛地在黑暗中看到一張素白得如同白紙的面孔出現在我的面前。

面孔的兩隻眼睛大睜著，嘴巴也大張著，眉頭緊皺，整張臉有些扭曲，顯出了她窒息的痛苦。臉孔就那麼一動不動地杵在離我的臉不到兩釐米的地方，我甚至能看到她臉上細膩的毛孔。

我不知道她想要做什麼，但感到她似乎想要告訴我什麼事情。但是，我知道她的怨氣很深，只要我稍微不順從，就很有可能會被她害死，所以，我只能想盡一切辦法去讀懂她。

因為之前有過和何青蓮接觸的經驗，所以，這時我相對鎮定了一點，沒有完全亂了手腳。我掙扎著向後退了一段距離後，發現那隻冰涼的手還在用力拉著我，於是我放棄了掙扎。

在我放棄掙扎之後，那隻冰涼的手開始牽引著我的手，向那具女屍的身上摸去，把我的手塞進女屍的衣襟之中。

女屍身上穿著一件錦繡的古裝開襟長袍，領口開得很低，而且由於她剛才的掙扎，腰帶已經脫落散開，使得她的衣衫幾乎完全披散開來，露出了貼身的白色小衣。

我的手首先按到了女屍的胸口，我下意識地揉捏了一下，卻引得女屍忽然全身一抖，喉嚨裏傳來一個「咕咚」的聲音。我以為她要詐屍了，嚇得全身冒了一層冷汗。

不過，女屍顫抖了一下之後就不動了，涼手繼續牽引著我的手，向她的下身摸去。

這時，女屍忽然直挺挺地向後倒下去，她的雙腿向兩邊自然分開。我的手被引著，隔著她的衣褲，在她的下身摸到了一條兩釐米寬、堅硬似鐵的東西。

原來這具女屍就是讓我幫她取出這個東西。想必這個東西讓她很痛苦，即使死了之後也是如此。

想到這裏，我連忙伏身把女屍的褲子向下一扯，探手進去，用拇指和食指捏住露在外面的鐵片，向外一拽，就拽出了一條長約一尺的黑色鐵片。

拽出鐵片之後，我拿起來一看，立刻發現這個東西和姥爺放在箱子裏的那把尺幾乎一模一樣。尺怎麼會被藏在女人的下身之中呢？

這時，四周猛然劇烈震動起來，我的頭上落下了一堆灰塵，刮起了一陣大風，而且我居然聽到了姥爺的聲音。

「屍鬼無常，砧孽汨羅，炸！」

隨著姥爺的一聲厲喝，我腳下的地面劇烈震動，一陣滾燙的熱浪撲面而來。

再次睜開眼睛的時候，我發現自己手裏握著一把尺，被姥爺單手提著，坐在泥坑邊上，泥坑裏只剩下了一團血色霧氣。

那團霧氣扭動著，如同蟒蛇一般，然後向下一扎，消失在泥坑的底部，泥坑的底部出現了一個水缸大的黑洞。

我抬頭看看四周，發現此時夜色深沉，天空漆黑，巨大的樹冠遮擋在頭頂上，狐狸眼逃走時留下的那個手電筒依舊斜插在樹杈上，已經沒有開始時那麼亮了，有些昏黃。

姥爺一手提著我後脖頸的衣衫，一手拿著一塊黑色圓盤，正在閉目念叨著什麼。

「哼，咳咳咳。」我的身後傳來一陣咳嗽聲。

我下意識地扭頭一看，這才發現林士學正摸著腦袋，萬分痛苦地從地上爬起來。他恢復了清醒，但是似乎並不知道發生了什麼事情。

他見到我和姥爺，臉色一驚，連忙跑過來，問姥爺道：

「老師父，老神仙，我們，我們，這是怎麼回事？這是在哪裡？」

聽到林士學的話，我更加確定了，看來他是真的不知道剛才發生了什麼事。

「我們在山谷裏，沒事了，女鬼被姥爺打跑了。」我抬頭看著林士學說道。

聽到我的話，林士學沒什麼反應，倒是抓著我的姥爺訝異地低呼一聲，停下了念叨，蹲下身，扳正我的肩膀，滿臉疑惑地摸著我的頭和身上說道：

「大同，你，沒事？真的沒事？哎呀呀，這怎麼可能，這可是沉冤千年的女屍，你被她的屍氣侵身，居然沒事，這怎麼可能？」

「姥爺，我沒事，我真的沒事，不信你看！」

這時候，我真的感覺挺好的，身上不冷也不熱，不疼也不難受，甚至連墜落懸崖受的傷口都不見了。

我掙開姥爺的手，在地上跑了幾步，又跳了幾下，然後轉頭看著姥爺道：「姥爺，你看，我不是全好了嗎？」

「嗯？」一見到我活蹦亂跳的，姥爺的神情更加凝重了，他有些不放心地問了我一個很奇怪的問題：「大同，你妹妹叫什麼名字？」

「方小瞳。姥爺，你怎麼突然問我這個？」我很疑惑地回答。

「表面上看確實挺正常的，雖然不知道為什麼，但總算是萬幸，沒事就好，沒事就好。唉，這次都怪姥爺不小心，差點把你害死了，唉。」姥爺說著，無力地癱坐在地上，把手裏的黑色盤子收了起來，抬手抹著額頭上的汗水，臉色非常疲憊。

「老神仙，這，這到底是怎麼回事啊？」林士學見姥爺鎮定下來，連忙上來問道。

「這個說來話長，我們先想辦法找路回去才行，走吧，咱們邊走邊說。」姥爺起身對我招了招手，說道：「大同，過來，咱們回去再說。」

聽到姥爺叫我，我本能地揮了揮手裏的尺，向姥爺跑了過去。

姥爺的臉色突然一怔，雙眼死死地盯著我手上的尺，對我大聲喝道：

「站住，不要動，你手上拿的是什麼？」

「尺啊，和你那把很像的。」我嚇了一跳，停了下來，單手拿著尺，疑惑地說道，「這把尺裏沒什麼東西，拿著也沒事。」

我說著，很自然地把尺一橫，右手握住尺的一頭，左手就想去握尺的另外一頭。

姥爺看到我的舉動時，驚駭得眼珠都要蹦出來了。

「大同，不要用兩隻手摸尺，站著別動！」姥爺緊張地看著我，虛張著雙臂，對我一通大喊。

我雖然很疑惑，但立刻乖巧地停下了手，沒有再去摸尺，就是一手拿著尺，愣在當場。

「不要動，不要動，讓姥爺看看，讓姥爺看看。」

姥爺滿臉緊張地走到我面前，蹲下身，仔細打量著我手裏的那把尺，看了半天之後，臉上的凝重表情消失了，變成了舒展的笑容。

「哈哈，不錯，果然是真的，我沒有看錯，沒有看錯。」姥爺說著，有些喜不自禁地伸手摸著我的頭，輕拍了一下道：「哎呀，大同，你小子的機緣不錯啊，竟然讓你誤打誤撞就得到了這麼一個寶貝。你要知道，這玩意兒，姥爺可是找了一輩子都沒有看到影子啊。快說說，這把尺你是從哪裡得到的？」

「是，是從那個女人下面，下面拿的。姥爺，這把尺為什麼不能摸？」

「不是不能摸，是不能用兩隻手摸。你現在還小，抵不住它的陰氣。」姥爺從懷裏掏出一塊綢帕，小心地包住尺的一頭，然後呼吸有些急促地握住尺的另一頭，對我說道：「你鬆手。」

我鬆開手，姥爺用手帕包著那把尺，拿到眼前，再次仔細地看了一番，這才點點頭，從背袋裏拿出一個狹長的紫檀木盒子，小心地把尺放了進去。

尺放好之後，姥爺本想把盒子背到自己身上，但是他看了一眼旁邊站著的我，皺了皺眉頭之後，低聲自語道：「也罷，不拿刀的孩子，永遠都沒有血性，這個就暫時放在你身上好了。」

姥爺說著，扯了一根布條，把木盒子小心地捆紮好，斜背在我的身上，這才滿意地點點頭，在我耳邊低聲說道：

「下次有人欺負你，你用尺點點他身上的皮肉就行了，保準他吃不消。不過，你要記住，自己要是拿了尺的一頭，另外一頭就不能碰。而且，這個東西太凶，不到萬不得已，不要隨便點人，這可是要傷人命的。即使你現在不懂使用的方法，也會傷人半條命的，知道麼？」

「嗯，知道了。姥爺，你放心，我只打壞蛋。」我懵懂地點了點頭，沒想到這把尺這麼厲害。

「老神仙，這到底是怎麼回事？我們可以走了麼？」林士學在旁邊等得有些不耐煩了，而且他看著四周黑魆魆的山林，心裏有些發怵，越等越不自在。

「好了，我們這就走。士學，你去把手電筒拿過來，在前面引路，我和大同跟著你。」姥爺起身挽著我的手，對林士學說道。

「噢，噢。」林士學有些膽怯地應了一聲，抬腳向手電筒走過去。

但是，林士學剛走出沒幾步，那個手電筒的光線卻突然暗了一大半。林士學有些神經質地尖叫道：「鬼啊！」翻身就向後跳開老遠。

「嘻嘻嘻嘻，哈哈哈哈。」一陣陰沉尖厲的笑聲從手電筒的方向傳了過來。

我們抬頭去看時，才發現手電筒的前方，不知道什麼時候居然有一個黑影。

那個黑影的形狀極為怪異，身體明明是人形的，有手有腿，但是頭卻非常小，脖子長得有些離譜，頭上還豎著兩支羊角。

看到那個黑影的樣子，林士學很驚駭，姥爺則是滿臉疑惑，我的心裏卻犯起了嘀咕，這個羊頭怪人怎麼又回來了，他們不是逃跑了嗎？

「姥爺，我見過他，他是羊頭怪人，是壞人。」我抓著姥爺的手臂，低聲提醒道。

「沒事，姥爺來對付他。」姥爺拍拍我的手背，起身看著那個羊頭怪人，喊道：「請問閣下是哪位？深夜到此，有何貴幹？」

「哈哈，貴幹沒有，就是想看看寶貝而已。」羊頭怪人說著，向前走了幾步，背著光站在山坡上，低頭看著姥爺和我，眼睛盯著我背上的木盒子，點了點頭，陰陽怪氣地說道：「不知道老先生捨不捨得給俺們看一看呢？」

「嘿嘿，這位大哥說笑了，我們哪裡有什麼寶貝？大哥就不要說笑啦。」姥爺說著，一手把我向他身後拉了拉，另一隻手則悄悄探進長衫中，摸出了那塊黑色盤子。

「哼哼，老傢伙，你別想瞞我，老子在山頭上看了半天了，你們得了把尺，還想蒙混過關麼？」羊頭怪人說著，又向前走了一步，手裏緩緩地掏出了一根細長的黑色鐵鞭。

「你是誰？」姥爺不禁一愣，手裏的黑盤下意識地握緊了。

「哈哈，老先生，我看你是隱居的時間太久，健忘了吧？難道你真的不記得當年風門村的舊人了麼？」突然，一個清朗的聲音從我們背後傳來。

我和姥爺同時一怔。我回頭一看，說話的人果然是那個狐狸眼。

姥爺滿臉錯愕地看著狐狸眼手裏的黑色象笏板，驚聲問道：

「你是誰？」

「哈哈哈。」狐狸眼有些莫名興奮地笑著，走到離姥爺不到兩丈遠的地方，停下腳步，雙手握著象笏版，畢恭畢敬地對姥爺鞠躬道：

「陰陽師門陰派傳人，玄陰子座下第七弟子赤眼天官何成，拜見玄陽子大師伯，祝大師伯福如東海，壽比南山，身體安康，萬水流長！」

姥爺又緊捏了一下手裏的黑盤子，臉上的皺紋緊了緊，沉聲對狐狸眼說道：「小子，你認錯人了吧？老夫不是你的什麼大師伯。」

「嘿嘿，師伯不要再欺騙弟子了，弟子早就聽家師說過，當年您老元陽盡失，負氣離開風門村，獨自漂泊江湖。想不到師伯竟然在此隱居，嘿嘿，弟子能夠見到大師伯，也是緣分啊，不知道大師伯可否圓弟子一個夢呢？」狐狸眼瞇眼看向姥爺。那神情顯然是認定，姥爺就是他的大師伯了。

聽到狐狸眼和姥爺的對話，我和林士學都很疑惑。

我不解地緊抓著姥爺的手臂，焦急地問道：「姥爺，姥爺，他，你真的認識他們嗎？他們可是壞人啊。」

「大同，姥爺不認識他們。」姥爺說著抱起了我，瞇眼看著狐狸眼，無奈地笑道：「小夥子，你認錯人了，我真的不是你的什麼大師伯。嗯，天色晚了，我就不奉陪了。」

姥爺抬手把我放到他的背上，背著我就向側面跑去，同時對林士學大聲喊道：「快跟上，別和他們鬥，打不過的！」

「噢，來了！」林士學這才驚醒過來，連忙抬腳飛奔著跟了上來。

「別讓他們跑了，陰魂尺還在那個孩子身上，攔住他們！」狐狸眼大喊一聲，抬腳追了上來。

「咩——」羊頭怪人一聲羊叫，突然四足著地，像一隻山羊一般，在草叢裏奔跑起來，速度竟然很快，不一會兒就抄到了姥爺前頭，擋在樹林中間的小道上。

「大師伯，我看您老還是別再狡辯了，您說您不是玄陽子，那麼弟子倒要問問，這個東西，你怎麼解釋？」

見羊頭怪人攔住了姥爺，狐狸眼追了上來，手裏掂著一個東西，瞇眼看著姥爺，大有深意地問道。

我和姥爺都有些疑惑地伸頭看去。我不禁一怔，狐狸眼手上拿著的東西，正是姥爺給我的那個歡喜傀，我本能地伸手向自己的口袋摸去，發現口袋果然空了，那個歡喜傀不見了。

「這是什麼東西？我不認識。」

「嘿嘿，大師伯，這個歡喜傀可是只有我們陰陽師門陽派傳人才會的控鬼術，您老莫非還想裝作不知道嗎？」

狐狸眼把歡喜傀收進懷裏，抬眼陰沉地看著姥爺，陰狠地說道，「玄陽子，我敬你是我的大師伯，對你禮敬有加，沒想到你如此不識抬舉，不但裝瘋賣傻，還想把我陰派的鎮派之寶帶走，看來今天不讓你吃點苦頭，你是不知道厲害。」

「嘿嘿，厲害？」姥爺把我放到地上，護在身後，又從懷裏摸出黑色盤子，冷眼擰眉看著狐狸眼道：「我倒是想看看你的厲害。哈，沒想到我幾年沒出江湖，你們這些小一輩的猢猻，猴膽都肥起來了，敢跟我叫板了。」

「哈哈，明說了吧，大師伯，原本弟子真的不敢跟您叫板，可是嘛，大師伯，您老當年可是元陽盡失，通體崩血，走火入魔，才離開師門出走的。嘿嘿，您老可能見識比弟子多得多，但是，這道行嘛，可不是弟子吹牛，大師伯，您唯一比弟子高的地方，也就是一個輩分，您還真別逼弟子出手。」狐狸眼冷聲瞪著姥爺，「識相的，就快點把尺交出來，我饒你們不死！」

「哼，想要拿尺，儘管過來，我看看你們到底有什麼能耐！」姥爺聲若洪鐘，立定當場，手裏捏著黑色盤子，警惕地看著狐狸眼和羊頭怪人。

「喂喂，這，這到底是怎麼回事？老，老神仙，這是怎麼回事？這二位又是誰？」一見到這個陣仗，林士學急得摸不著頭腦，他焦急地站在旁邊，走也不是，留也不是。

見到林士學的模樣，狐狸眼對羊頭怪人使了個眼色。

羊頭怪人不動聲色地一個飛躍，跳到林士學旁邊，黑色鞭子如同毒蛇一般，

「啾——」一下纏到林士學的脖子上。

「咕咚——」一聲悶響，林士學被鞭子纏中之後，立刻應聲撲倒在地。

見林士學被放倒了，姥爺有些擔憂地向他看了看。

「放心吧，大師伯，沒弄死他，只是讓他睡一會兒，免得看到了不該看的，活不長。」狐狸眼微笑著說道，抬眼看著姥爺，「大師伯，場子清理完了，咱們可以開始了吧？嘿嘿，您可別怪弟子以多欺少，弟子知道您是前輩高人，所以，也顧不得什麼道義不道義了！羊師父，一起上，先把老的放倒，再抓小的。」

「大同，你快跑！」見狐狸眼和羊頭怪人要一起衝上來，姥爺緊張地把我一把推出了好幾米遠，接著轉身就迎著狐狸眼衝了上去。

「咪嘜么喏！」姥爺一邊向前衝，一邊抬手捏指，對著手裏的黑色圓盤一點，黑色圓盤竟然應聲變大了兩倍，像鍋蓋那麼大，還隱隱地散發出一股陰冷的黑氣。

「遮魂蓋？還要念咒催動，嘿，大師伯，不是我說你，您這招式可是太老啦！」

狐狸眼瞇眼一笑，很不屑地說著，一個翻身，手裏的攝魂象笏直直地向姥爺身上點了過去。

「哼，再老，對付你這小輩也足夠了！」姥爺也不生氣，單手抓住鍋蓋中央，即當盾牌又當做武器，大力地揮舞起來。

狐狸眼的第一下攻擊，被姥爺的大鍋蓋輕鬆擋開了。

狐狸眼冷笑一下，轉身向後一跳，接著抬手對著姥爺身後招了招，喊道：「道長，該你了！」

聽到狐狸眼的話，姥爺一愣，以為那個羊頭怪人從後面偷襲過來了，於是本能地轉頭去看。

就在這時，狐狸眼一點腳尖，無聲地跳了起來，凌空把手裏的象笏板向姥爺的身上甩出去。

姥爺此時正轉身防備身後，自然看不到前方的情況，所以這一下偷襲，姥爺很難躲開了。我在姥爺的旁邊把這一切都看得真真的，連忙大喊一聲，提醒姥爺小心。

姥爺聽到我的聲音，也意識到狐狸眼在對自己使詐偷襲，連忙就地翻滾，躲開了象笏的攻擊，同時一翻手腕，把象笏抓在了手裏。

「嘿嘿，小子，吃飯的傢伙都丟了，還有臉繼續鬥下去嗎？」姥爺抓住象笏，回身看著狐狸眼說道。

「嘿嘿，大師伯，我的法寶可不是誰都能摸的，摸了可就丟不掉了！」狐狸眼掩嘴輕笑著說道。

「什麼？」姥爺臉色一怔，連忙甩手想把象笏板丟掉，卻發現象笏板竟然黏在手上，甩不掉了。

原來狐狸眼在象笏上動了手腳，自己拿著的時候機關關閉，沒有問題，投擲出去擊打別人的時候，機關自動打開，象笏中存貯的黏液流出，黏住對方的身體，給對方的行動造成不便，給自己增加取勝的籌碼。

姥爺的一隻手被象笏黏住了，而且好像黏液裏還有毒，姥爺的神色顯得難過，頭上臉上冒了很多汗，呼吸也變得粗重，樣子很痛苦。

「道長，交給你了，不過別傷他性命，他手裏可還有一樣寶貝，抓回去慢慢審問，能套出來東西。」見姥爺中招了，狐狸眼對羊頭怪人招了招手，交代一聲，接著就眯眼微笑著，目光向我藏身的地方投了過來，很膩聲地對我喊道：

「哎呀呀，小朋友，不要和叔叔玩捉迷藏啦，我已經看見你躲在哪裡了，你還是乖乖出來吧，不然叔叔就把你扔到山裏餵狼，知道麼？」

「大同，快跑，別回頭，快，帶著那把尺，他們就不敢殺我！」姥爺咬著牙，艱難地對我大喊了一聲。

聽到姥爺的話，我立刻跳起身，撒腿拼命向山谷裏跑進去。

「臭小子，還想跑，看我不打斷你的腿！」

狐狸眼一聲陰笑，拔腿追了上來。

我在草叢中狂奔，聽到後面「簌簌簌」的腳步聲，嚇得連氣都不敢喘，提著一口氣，一路向前跑著。

說來也怪，我這麼一跑起來，速度居然越來越快，讓我自己都有些納悶。而且，我跑動時，還感到全身特別舒暢，越跑越有勁，身體輕飄飄的，像是在貼地飛行一樣。

狐狸眼見我越跑越遠，追不上了，心頭一怒，回身對羊頭怪人大喊道：「羊師父，快，你去追這小子，這小子像兔子一樣，跑得還挺快！」

「哈哈，我最喜歡吃小孩子的肉了，你等著，少爺，我去追他，先把他的腦袋啃了！」羊頭怪人一聲尖叫，四足著地，「咚咚咚」地奔跑著追了上來。

羊頭怪人的速度很快，沒多久就追到了我的身後。

我在奔跑中回頭看了一下，發現羊頭怪人已經到了我身後不到三米的地方，此時一雙三角眼正瞪著我，那樣子比鬼還恐怖，我嚇得一聲大叫，更狂奔起來。

我已經跑出了手電筒的照射範圍，四周一片黑暗，什麼都看不清了。

我一路向前跑著，漸漸的，就只能感覺到腳下的草地和四周的樹枝，聽到自己粗重的喘氣聲，其他的都感覺不到了。

山林裏的黑夜是非常沉寂的，在樹林裏，隨時可能被不知道什麼野獸襲擊。因為已經聽不到羊頭怪人的聲音了，我便放慢了速度，藏進了一個草叢裏，窩在樹根下蹲著，瞇著眼睛適應了一會兒，才看到了一些樹影。我這才發現，我正在一大片樹林的邊上。

羊頭怪人不知道在哪裡，但是我猜他並沒有放棄追我，我總是有一種感覺，感到樹林裏有一雙眼睛在盯著我看。

我下意識地縮縮脖子，羊頭怪人現在可能也躲在暗處，準備趁我不注意的時候，摸到我的身後來抓我。我不能坐以待斃。我小心翼翼地扒開草叢，半趴在地上，一點點地向側面爬去，想再逃開一段距離。這樣一來，就可以逃出羊頭怪人的搜索範圍了。

偏巧不巧，我向前爬了沒多久，一伸手按到了一團滑滑肉肉的東西。這團東西很濕滑，而且很有彈性，我下意識地悶哼一聲，隨手就把那個東西扔了出去。

「呱——」那個東西被我一扔，落地之後叫了一聲，原來是一隻癩蛤蟆。

我鬆了一口氣，坐直身體，剛想喘口氣、擦把汗，卻猛然聽到一陣急促的奔跑聲。我抬頭一看，一個黑影從樹林裏急速躥了出來，正向我躲藏的方向奔來。

暴露了！我第一時間反應過來，知道已經藏不住了，連忙站起身，奪路而逃。

這次再跑起來，路就很難走了，因為這時我跑進了一處雜草和灌木交錯生長的山林地帶。這種山林環境對於成年人來說，邁步都有些困難，對於我這麼小的孩子來說，簡直就是在跑鋼絲網。

我人小腿短，每走一步，都要把腳高高地抬起來，不然就會被灌木絆倒。我的速度馬上慢了很多，羊頭怪人自然很快就追上了我。

「嘿嘿，小子，你就給老子站住吧！」

羊頭怪人三下兩下追到我身後，一聲怪叫，整個人飛跳起來，四肢張開，如同一隻大蛤蟆一樣向我撲了過來，想要一把將我抱住。

我聽到羊頭怪人的怪叫，回頭一看，正看到一個黑色的大影子當頭撲下來，急得我全身出了一層冷汗。

「啊——」情急之下，不知道是由於太過緊張爆發出了體內的潛能，還是由於我原本身體素質就好，我一聲大叫之後，一憋氣，使出了全身力氣，向前猛地一跳，居然跳出了三四米遠。

硬生生地躲過羊頭怪人的撲抓之後，我哪裡還敢停留，連忙起身又沒命地向前跑。

「哎呀呀，小子，真是隻兔子啊，跳得這麼遠。奶奶的，我倒要看看你還能跑多遠，老子不抓住你，不姓楊！」羊頭怪人一聲怪笑，繼續追上來。

「呼呼呼！」我跑得嗓子冒煙，邊跳邊跑，身體的潛能爆發出來，奔跑的速度又變得很快，一時間羊頭怪人居然也沒法追上我。但是，他並沒有放棄，依舊不依不饒地在我身後緊跟著。

我咬牙堅持著，專門找樹林茂密的地方鑽，想借機甩開他，但羊頭怪人總能跟上來。

我就這樣跑了很久，以為可以耗死那個羊頭怪人，讓他沒力氣再追我。就在我心裏這麼想的時候，忽然迎面一陣冷風吹來，讓我打了一個寒戰。

「不對，這風頭不對！」

我心裏一凜，腳步停了下來，抬眼向前仔細一看，發現前面是一處斷壁懸崖。夜色太黑，也不知道懸崖有多高，而我這時正站在離懸崖邊不到兩米的地方。

「嘿嘿，這下你沒法跑了吧？」

我的腳步停下之後，沒過幾秒鐘，羊頭怪人追了上來，看到我被懸崖攔住了，他奸笑著，雙手抱胸，晃著羊頭看著我，嬉笑道：

「怎麼樣？我看你還往哪裡跑？」

「你，你，別過來，不然我，我打死你！」見到無路可逃，我喘著粗氣，心一橫，暗想豁出去了，跟你拼了。我就把背上的尺拿了出來，指向羊頭怪人。

「哈哈，小傢伙，原來你也知道這個寶貝的用法。嘿嘿，幸虧你現在沒什麼道行，不然的話，你爺爺我還真收拾不了你！」羊頭怪人冷笑一聲，從腰上抽出黑鞭子，晃了晃，一聲冷哼，抬手一鞭就向我抽了過來。

第十三章

古墓托夢

林士學鎮定一下之後，拉住我說道：
「那個人把你姥爺抓住了，帶著他去古墓了。
剛才我做夢，有個女人讓我去古墓救她。我們得馬上去古墓！」

「啪」一聲脆響，他的鞭子很長，又快又狠，我還沒看清楚，一鞭子已經抽到了身上，我立時疼得身子一抖，滾到地上，哆嗦著尖叫起來。

「嘿嘿，小子，你不是能跑嗎？不是比猴子還會鑽樹林嗎？我就好好訓訓你，讓你知道知道厲害！」羊頭怪人說著話，抬起鞭子，劈頭蓋臉對我一陣猛抽。

我只感到全身像被毒蛇嗜咬一般，身上一道道的鞭痕，火辣辣的疼。我在地上打著滾，躲避著鞭子，還是被抽得全身疼得發麻。

「他媽的！」羊頭怪人又一鞭子抽下來，正好打在我的臉上。這一下把我抽急了，我怒罵一聲，跳起身來，決定奮死反抗，拿著尺就向羊頭怪人撲了過去，想用尺戳他一下。

姥爺跟我說過，這把尺很厲害，只要被戳一下，就要丟掉半條命。我的心裏真的動了殺機，想一下子把羊頭怪人戳死。

「嘿，小子，還想咬人啊？」羊頭怪人顯然深知這把尺的厲害，他不和我硬拼，一閃身跳了開去，接著又是一鞭子抽過來。

這一次，我沒有退縮，迎著他的鞭子繼續往前衝，拿著尺狠狠地往他身上戳。

羊頭怪人冷笑一聲，一閃身躲過了我的尺，抬腳蹬在我的肩膀上，一下子把我踹出了好幾米遠。

「媽的，不給你下點重手，你就不老實！」羊頭怪人很生氣地說著，拎著鞭子衝過來。

我被他踹得半個身體都發麻了，趴在草叢裏，一喘過氣來，我立刻大哭起來，罵道：「你這個怪物，我一定要殺了你！」

「狗日的，嘴還挺賤，我讓你罵，我讓你罵！」羊頭怪人被我罵得惱羞成怒，拿起皮鞭對著我又是一陣亂抽。

這次我不再硬衝上去和他拼命，我用手臂擋著腦袋，彎下腰摸起地上的石頭，拼命往他身上砸去。

見到我怎麼也不肯認輸，羊頭怪人也發了狠心，拿著鞭子繞著我，不停地抽打。原本他可以一下子就把我抽暈的，就像他把林士學弄暈那樣，但是，他見我這麼倔，就想把我揍服，想打得我求饒。

「我看你這死小子，到底有多倔！」羊頭怪人跳起來，一鞭接一鞭，我感覺自己身上很多地方的皮都炸開了，臉上黏黏的。

我哭啞了嗓子，一邊哭一邊罵，繼續摸石頭砸他，就是不認輸。

「我操你媽，操你祖宗十八代，你全家死光，你家墳頭開白花，你家都被狗吃了！」這些都是我從小在村裏聽到的罵人話，我一口氣亂喊出來。

羊頭怪人可能沒怎麼聽過這麼多罵人話，被我罵得火冒三丈，鞭子抽得更密了。我翻滾在地，爬到懸崖邊的一塊大石頭邊上，扶著大石頭，躲著鞭子繼續罵他。

羊頭怪人嘴裏也罵著：「打死你，死小子，該死的，老子喝你血，吃你肉，打死你！」

我被抽得滿頭滿臉都是血，感到一陣陣頭暈，快要撐不住了。

就在這時，忽然一聲悶哼傳來，羊頭怪人頭一歪，倒在地上。我抬頭一看，發現羊頭怪人的身後站著一個高大的黑影。

「娘的，老子在旁邊躲著看了大半天了，你這狗日的，這麼打小孩，太狠了吧？」

那個黑影說話了，扔掉手裏的石頭，拍了拍手，從腰裏抽出手電筒，對著我照了照，嘿嘿笑道：「哎喲，小子，你沒摔死啊，命還挺大的嘛，不過，你怎麼被這個怪物這麼打啊，這是怎麼回事？」

我立刻認出這個人是二子，心裏一陣熱呼，鬆了一口氣蹲到地上，一邊喘著粗氣，一邊擦著臉上的血痕，問道：「你怎麼在這裏？」

「娘的，我不是把你扔下山了嘛，那個，心裏過意不去，就溜著山坡下來找找看，還真讓我找著你了。嘿嘿，小子，來吧，我背你出去。」

二子走上前來，拉著我的手，用手電筒上下照著我仔細一看，忍不住驚訝道：「被打成這樣了，真他娘夠慘的，這怪物跟你有仇嗎？」

我見到二子這時候還有閒心開玩笑，氣得鼻子都歪了，一把推開他的手，站起身，拎了拎褲子，說道：「我不用你背，我自己能走。這個怪人是個壞蛋，他是殺人犯，吸人血，吃人肉，我要把他殺了！」

「嘿，小傢伙，你挺狠的嘛，這麼小就想殺人，我看還是算了吧，我已經把他打昏了，就把他扔在這裏吧，咱們走了就行了。」二子對我的話不以為然，拿手電筒照了照羊頭怪人。

我眼珠一轉，對二子說道：「林叔叔被他殺了，他把林叔叔的臉都啃沒了，心都挖出來吃了，你看，他嘴邊還帶著血呢！」

聽到我的話，二子一看羊頭怪人，發現他嘴邊和脖子上果然有血跡，有些驚愕地問我：「小子，你說的是真的假的？我表哥真的被這個怪物給吃了？」

「你不信拉倒，等下我帶你去看，你就知道了！」我說著把手裏的尺收起來，彎腰從地上找了一塊大石頭，搬到羊頭怪人身邊，對二子說道：「你騎在他身上，掐他的脖子，把他按住，我要砸死他！」

「小子，這種事還是讓我來吧，奶奶的，把我表哥吃了，我非砸死他不可！」二子說著，就來拿我手裏的石頭。

「不要！我就要親手砸死他，你沒看我被他打成什麼樣子了麼？」我尖叫一聲，緊緊抱住石頭。

二子見到我的神情，遲疑了一下說：「那也行，不過，你怕不怕？」

「怕個屁，我幹嘛怕他，死人我見多了！」我說完，舉起石頭就要往下砸，「你騎上去壓住他，別讓他跑了，我砸他，他一疼，肯定醒了就跑！」

「嘿，放心吧，我不會讓他跑了的！」二子騎到羊頭怪人身上，單手掐著羊頭怪人的脖子，對我說道：「快砸吧，我看你小子有膽子不！」

「我就砸！」我舉起石頭，狠狠地砸到羊頭怪人的腦門上，「砰」一聲，羊頭怪人的腦門上馬上流出了血。

「咳咳，啊，啊，放開我，放開我！」羊頭怪人吃了疼醒過來，掙扎著想要跑。

「娘的，你還想跑？你就等死吧，你不是喝血吃人嗎，我讓你吃，我讓你吃！」見到羊頭怪人掙扎，二子放下手電筒，也發了狠，咬牙切齒地用雙手掐著羊頭怪人的脖子。

羊頭怪人被掐得舌頭伸出來，臉都青了，雙腳亂蹬，他用手拼命地掰二子的手，但是他沒有二子力氣大，最後他全身一軟，不動了。

「娘的，掐死這狗日的了。」二子說話都有些哆嗦了，摸索著拿起手電筒，照了照地上的羊頭怪人，不禁有些膽寒地看著我。

我喘了口氣，就地坐下，擦了擦汗，對二子說道：「得把他扔下懸崖去，放在這裏，被人發現了，你就得蹲牢房。」

「娘的，我一激動，還真殺人了，奶奶的。」二子有些緊張地掏出一個煙盒，點了一根，抽了幾口，鎮定了一會兒，這才緩過神來，接著把手電筒遞到我手裏，讓我幫他照著亮，他彎腰拖著羊頭怪人，扔到了懸崖下。

二子拍拍手，喘了一口氣，對我說道：「好了，小子，咱們走吧，找你姥爺去，不知道他的情況怎樣了。對了，你說這怪人把我表哥吃了，在哪裡？帶我去看。」

「嗯，你跟我來吧，我帶你去。」我想起姥爺還身陷險境，說不定已經被狐狸眼抓住了，心急著要和二子一起回去。

二子抄手把我背起來，按照我的指示向前走。

一邊走，我一邊把羊頭怪人和他同夥的事情說了，讓二子小心，並且告訴他，羊頭怪人的同夥比羊頭怪人還厲害，會武功。

「他娘的，這些都是什麼人啊？來幹什麼的？」二子很費解地問道。

「好像是挖墳來的，就是他們幹的。」為了把狐狸眼這夥人抹黑，我心裏把能想到的罪名都栽到他們頭上。

「娘的，小子，你說得還挺對，我估摸著，這古墓肯定不是一般人敢挖的，這些狗日的，一看就怪裏怪氣的，不是盜墓的那才真叫見鬼了。」二子背著我又重新走回到山谷裏。

我抬頭往前看，發現山谷裏已經完全沒有燈光了，四下一片寂靜。進了谷口沒走多遠，我們就看到地上躺著一個人，走近一看，發現正是林士學，但是姥爺和狐狸眼卻都不見了。

見到林士學，二子一驚，把我放下來，上去一把將林士學扶坐起來，用力拍他的臉，呼喊道：「喂喂，表哥，你怎麼了？沒事吧？」

「咳咳。」林士學一陣咳嗽咳醒過來，一睜開眼，就一把抓住二子的胳膊，驚聲喊道：「快，快，他們去古墓了，去古墓了，她和我說了，和我說了，讓我去救她！」

林士學的舉動把二子嚇了一跳，他連忙問林士學到底是怎麼回事。

林士學看看四周，鎮定了一下之後，才看到我，又一把拉住我，說道：

「那個人把你姥爺抓住了，帶著他去古墓了。剛才我做夢，有個女人讓我去古墓救她。我們得馬上去古墓！」

「你知道古墓在哪裡嗎？」我問道，心裏擔心著姥爺被狐狸眼害了，心情很緊張。

「我知道怎麼走，不過現在天太黑了，看不清路，這片山頭我沒來過，只能找找看，不一定能夠找到路。」林士學說著站起身，讓二子背著我，自己拿著手電筒在前面找路。

二子背著我，跟著林士學走了一會兒，側頭低聲問我：「你不是說表哥被那個怪人吃了麼？怎麼還活著？」

「你很希望你表哥死掉麼？」我反問了二子一句。

二子悶了一下，沒有說話，過了一會兒，又低聲問我：

「那個，那個羊頭怪人的事情，你不會說出去吧？」

「我幹嘛要說出去？我也有份的。」我安慰二子道。

聽到我的話，二子總算放心了，他點點頭：「行，小子，你夠義氣，你這個朋友我交了，以後有人欺負你，你報上我的名頭，絕對沒人敢對你怎麼樣。」

「你很有名麼？吹牛！」我潑了二子一頭冷水。

二子不以為然，嘿嘿笑了一聲：

「反正有事找我就行了，我幫你打架。你小子的膽子挺肥的，夠狠，以後長大了，嘿嘿，我還真不敢得罪你。你要是再跟你姥爺學了那些本事，要逆天啦。」

「行啦，快跟上吧，我姥爺不知道怎樣了，那個壞人把他抓住了。」我催促著二子。

這時，林士學站在山坡上，拿著手電筒四處亂晃亂照，嘴裏發出一陣訝異聲。

「咦，奇了怪了，找不到路了，這個山頭我從來沒見過，不知道怎麼走了。」

林士學摸了摸腦袋，很煩躁。

「表哥，實在不行，咱們先回去吧，再找人過來，你看怎麼樣？」二子走上前去，出了個主意。

「不行，現在想走出山，要費好多時間，等再找人過來，古墓就要被那個壞人翻開了，到時候，那個女人的怨氣撒到我身上，我就完蛋了，她讓我馬上去救她，我可不敢耽誤。」林士學說著，有些害怕地捋起袖子，看看手臂上的手鐲，皺眉嘆聲道：「姑奶奶啊，這個路到底怎麼走，這會兒你也顯個靈啊，不要耽誤時間啊。」

「喂，表哥，深更半夜，荒山野嶺的，你不要裝神弄鬼嚇人好不好？真顯靈的話，還不把人嚇死啊？」二子撇嘴道。

林士學沒有說話，拿著手電筒繼續亂照。我跟著手電筒光四下看著，忽然眼角一動，看到右手邊的一片樹林裏好像有個人影。

由於手電筒掃動的速度太快，一閃而過，我也沒有看清楚，只約莫看到一個穿著一身白色衣衫，雙手筆直垂下，黑色長髮蓋著臉的影子。

我心裏一驚，立刻想到那個影子可能不是人，因為林士學和二子都沒有看到，而我之所以能夠看到，是因為我有陰陽眼。

「在那邊，你跟我來，手電筒給我！」我一聲驚呼，知道真的顯靈了，連忙從二子的背上爬下來，接過手電筒，向那片樹林再照去，果然又看到了那個人影，只是這一次，那個影子動了一下，一閃身退進樹林之中。

「跟我來！」我緊盯著那個人影，跑了過去。

「喂，小子，你知不知道路啊，別亂跑啊。」二子跟在後面，悶聲問道。

「小師父，你認得路嗎？」林士學也有些擔心。

「不認得。」我很誠實地回答。

「嗨，不認得路，你亂跑什麼啊？」二子上來就要奪我的手電筒。

「不要動！」我一聲冷喝，止住了二子，很嚴肅地對他們說：「姑奶奶顯靈了，在前面帶路呢，我不認得路，但是跟著她走，就能找到地方。」

「哎呀，小子，你別亂說啊，我怎麼看不到？」二子被我的話嚇了一跳，有些驚悸地四下看了看。

林士學反而很鎮定，走上來很認真地問我：「小師父，姑奶奶真的顯靈了麼？」

「你們跟著我，沒錯的。」我說完，抬腳兀自向前走，林士學和二子都跟了上來。

我轉過樹林，發現樹林裏居然有一條人踩出來的小道，在樹林裏彎彎曲曲地向前延伸。沿著小道走了一會兒，就到了一個岔路口，我正疑惑要走向哪邊的時候，前方左邊的路口拐彎處，又有一個白色人影一閃而過。

「走這邊！」就這樣，跟著那個影子，我們摸進了一片墳地之中。

這塊墳地已經荒了，一些土疙瘩上長滿了雜草，有很多老槐樹，陰風一刮，嚇得人渾身起雞皮疙瘩。

二子牙齒都有些打架，在後面嘟囔著說：「這是什麼鬼地方啊，小子，你不怕麼？」

「不要說話，對死人不敬，就是找死！」我回頭怒視了二子一眼。

二子馬上閉嘴了。林士學皺著眉咂咂嘴，一拍腦袋道：「不錯，就是這裏，快到了！」

「你認出路了？」我問道。

「嗯，這裏是亂墳崗，那個古墓就在亂墳崗再往前三公里的山包底下，墓門沒打開，只有一個炸開的盜洞。」林士學接過手電筒，自己尋路往前走，讓二子把我背上。

天上無月，四下漆黑，山風料峭，墳地裏的茅草和槐樹「沙沙」響著，人走在墳地裏，深一腳淺一腳的，有時一不小心，一腳就踩進了塌陷的墳頭裏。

墳地裏狐狸很多，而且不怕人，見到有人進來，都爬到墳頭上朝人看，燈光照過去，狐狸的眼睛反光，一溜綠瑩瑩的三角眼，很是駭人。

走到亂墳崗深處的時候，四下更是多了很多鬼火。

鬼火，狐狸，山風，那陰森驚悚的氣氛，就是我這個見過鬼的人，也被嚇得有些哆嗦，神經繃得比憋尿都難受，有些撐不住了，想埋頭閉眼躲起來，什麼都不看。

二子也嚇得全身發抖，身上的冷汗出了一層又一層，要不是我趴在他背上，給他一點安慰，都不知道這傢伙要怎麼哭爹喊娘呢。倒是林士學，出奇的鎮定，拿著手電筒，腳步很穩地向前走著。

墳地裏陰森得讓人窒息，林士學只顧走路不說話，二子嚇得不敢吱聲，我也不說話。三個人就這麼一言不發，憋著一口氣，闖過了墳地。

走出亂墳崗之後，來到墳地後面的一條羊腸小徑上。小路旁邊長著矮茅草，雖然荒蕪，但好歹有點被人走過的樣子。

二子這才鬆了一口氣，嘟囔道：「表哥，我說，這地方夠駭人的了。」

「咦，嘿嘿嘿——」

二子不問還好，一問完，前面一直悶頭走路的林士學突然發出一聲女人的尖細淒厲叫聲，接著他停住腳步，動作機械地轉過頭，手電筒放在下巴下，從下往上照著自己的臉。

我定睛一看，赫然發現林士學臉色鐵青，五官扭曲，正齜牙咧嘴地嘎嘎大笑。

二子驚得一蹦老高，一把將我丟到地上，轉頭摸了一塊石頭，粗聲道：

「表哥，你，你怎麼了？你別嚇我，我，我，我可不怕！」

「不要亂來！」我一看二子嚇得沒頭腦了，連忙大喊一聲，從口袋裏掏出桃木小刀，握在手裏，飛身向前一撲，一下子戳到林士學身上。

「呀──」林士學被我戳中之後，發出一聲尖叫，接著整個人直挺挺地向後一倒，「撲通──」一聲悶響，跌到地上，昏死過去了。

林士學往後一倒，手裏的手電筒自然脫手丟了出去，掉在旁邊地上，閃閃晃晃地滾動起來。

在手電筒晃晃蕩蕩的光影中，我赫然看到一個灰白色的背影，站在林士學腦後不遠的地方。那是一個穿著一身凶服的女人背影，黑黑的長髮遮住了面孔，一閃而過，消失在小路盡頭。

我有些疑惑地看著女人消失的方向，猜不透為什麼她突然又上了林士學的身，她到底想做什麼？

「哎呀呀，小，小師父，你真牛，真厲害，二子服了你了！」二子見我把林士學放倒了，哆哆嗦嗦地走上來，對我一陣誇讚，連對我的稱呼都變了。

「噓──」我回身白了二子一眼，撿起手電筒，先照了照林士學，發現他神情很平靜，像睡著了一樣，這才放下心來，對二子努努嘴道：「背上他。」

「啥，啥？」二子牙齒打架，結結巴巴地問我。

「背上你表哥，沒聽懂麼？」我扭頭看看他那不爭氣的樣子，心裏一陣火大，不明白他這麼一個五大三粗虎背熊腰的漢子，怎麼膽子這麼小。

「我說小師父，你別開玩笑好不好？我表哥這幾次詐魂的樣子你也看到了，你讓我背著他，萬一他中途突然詐魂，咬我的脖子怎麼辦？我現在後脖子就已經涼颼颼的了。我真不敢背他。」二子訕笑著，摸摸後腦勺，說出了擔心。

我看看二子，心裏雖然埋怨他，但是也有些認同他的想法，無奈地點了點頭，讓他先守著林士學，我拿著手電筒照照四周的狀況。

一看之下，我立刻發現了異常之處。小路的前方，是一個非常突兀的平地隆起的土山包。那個土山包像饅頭一樣，高約兩丈，頂上長著茅草和灌木，在夜色中看去，如同一隻巨大的綠毛龜。

我照著那個綠毛龜，瞇眼看了看，就看到綠毛龜上方籠罩著一層烏壓壓的黑氣，陰森駭人。

「到了，前面就是了。」我向前走了走，再次仔細地看土山包，發現朝向我們的這一側底部，赫然有一個黑色大洞。

大洞似乎是最近被挖開的，洞口堆著很多泥土和碎磚頭。我看不清黑洞有多深，裏面有什麼。

這時候，二子湊到我身邊，也看著那個土山包，點點頭道：

「不錯，就是這鬼地方，上次表哥帶我來過，我害怕，沒敢進去。娘的，這個洞是那幫盜墓賊炸開的，他們就是從這裏爬進去偷東西的。後來那些考古專家也懶得把土包子挖開，就把洞口繼續挖了挖，從這裏進去了。」

我回頭看了看林士學，心想要是進古墓的話，可不能就這麼把林士學丟在這兒，最好能把他弄醒，讓他自己跟著走進去，或者把他扶進去。

當然，也可以讓二子不要進去，就在外面守著林士學，但是，我轉念一想，就否定了這個想法。要是讓二子在這兒守著林士學，那就意味著我要自己進古墓了，這顯然是很不妥當的。

我雖然膽大，但是也會害怕，二子膽子小，跟在我旁邊，有個人說說話，感覺好歹能好一點。而且，根據林士學的說法，狐狸眼把我姥爺抓進古墓裏去了，好像是要去找裏面那個女鬼的麻煩。

我不明白狐狸眼和那個女鬼到底有什麼恩怨，但是我知道狐狸眼表面一臉和善，卻絕對是個狡猾又狠辣的角色。

如果我自己進去，一旦遇到他，肯定不是他的對手，三兩下就要被他打趴下了。他可不會像那個羊頭怪人那麼變態地虐待我，他從一開始到現在，每一次和人動手都是下死手，要麼把對方殺死，要麼一下就把對方制住，多餘的動作都沒有，這是一個很可怕的人。

一想到狐狸眼，我心裏一陣發怵，有些害怕和他照面，但是又很擔心姥爺，不得不硬著頭皮往前衝。

我畢竟是小孩子，論速度和力氣，當然不是狐狸眼的對手，所以，我就更需要二子這樣的同伴了。二子膽小，但是力氣大，對付鬼不行，對付人絕對可以。我帶著他，就是為了讓他幫我打倒狐狸眼。

「拿著！」我把手電筒遞給二子。

「你要幹什麼？」二子一邊接過手電筒，一邊看到我解褲帶，嘿嘿笑道，「要屙尿啊？」

「我這尿珍貴著呢，我這是要幫你表哥塑個金身。」我走到林士學身旁，對著他的臉就撒了開去。

「喂喂，小子，你幹什麼？」見我往林士學臉上撒尿，二子揮著大手，攆雞一樣跳了過來。

活見鬼

「小師父，你說什麼！你說這口棺材要進洞裏？」
二子臉上的表情很緊張，咽了咽唾沫，結結巴巴地問道，
「剛才我說它跑出來，那是開玩笑的。
你不會說這棺材真的自己會跑吧？那不是活見鬼了嗎？」

「別過來，這是童子尿，灑在他身上，髒東西就不敢上他的身了！」我大聲喊著，痛痛快快、均均勻勻地把林士學澆了一遍之後，這才把褲子穿好，「你踹他兩腳，把他弄醒。」

「推推他不就行了嗎？」二子皺著眉說。

「那你推吧，你不怕弄髒手就行。」我笑著對二子說。

「哦，那我踹好了。」二子抬腳踢了林士學兩下，「喂，表哥，醒醒，快醒醒！」

「嗯，哼，哦哦。」林士學被踢得哼唧了幾聲，醒過來了，一翻身跳了起來，滿臉驚恐地喊道：「壞了，壞了，新娘子被壞人給控制了，我們得去救她，要不然她就要被練成厲鬼了。」

「我說表哥，你不要一驚一乍的好不好？你到底怎麼了？」二子有些疲憊地撇撇嘴，粗聲粗氣地問道。

「二子，你先別說話。」我打斷二子的話，問林士學道：「林叔叔，你看到什麼了？」

「我看到，我看到……」林士學摸了摸腦袋，有些疑惑地四下看了看，皺了皺鼻子，「咦」了一聲道：「怎麼這麼大的霧？」

我扭頭四下一看，這才發現，不知道什麼時候，四周起了一層灰白色的濃霧，三米之外就看不到了，讓人感到心裏冷颼颼的。

「表哥，你看到啥了，快說啊。」二子沒太在意，繼續問林士學。敢情這傢伙聽故事上癮了。

「我看到新娘子穿著大紅衣服坐在床上哭，不對，是笑。她背對著我，埋著頭，聲音很尖。我看不到她的臉，只看到床邊站了一個黑影，手裏捏著一個小布娃娃，一直在對著她晃。黑影晃一晃布娃娃，新娘子就顫一顫抖一抖，叫一叫。黑影嘿嘿笑著說：好好，趕明兒就把你好好練練，變個厲鬼很方便。」林士學說著，又嗅了嗅自己身上的味道，皺眉疑惑道：「這是什麼味兒？」

「啊，沒什麼，我們趕緊進古墓吧，看看情況。」我對二子使了使眼色，讓他在前面開道。

二子嘟嘟囔囔的，勾著頭帶路。他那個怕死鬼的德性，看得我心裏一陣火大，就走上前讓他停下，把他的手電筒拿了過來，對他們說：「你們跟著我。」

「嘿嘿，還是小師父厲害啊！」二子順坡下驢，對我豎著大拇指。

林士學有些尷尬地皺了皺眉頭，對我說道：「小師父，要不我來帶路吧。」

「有些東西你們看不到，還是我帶頭。」我雖然是一個小孩，但是這時已經把自己當成大人了。

我也知道，林士學和二子能跟著我來，已經算是很仗義了。林士學是為了去救那個女鬼，跟著我還算有個理由，二子則純粹是為了保護林士學才跟著來的，他其實沒有必要一定要進來。所以，我不好意思要求他們替我做太多事情。畢竟，對我來說最為要緊的，就是救姥爺。

我走了沒幾步，眼角忽然一動，我把手電筒向側面照去，赫然又看到一個白衣黑髮的女人身影，一晃，隱到霧裏去了。

我看到那個影子，一開始沒覺得怎麼樣，走了幾步之後，忽然想到林士學剛才說的話，心裏不禁咯登一下，停住腳步，對他們說道：「停下，不太對頭。」

「怎了？」二子此時變成了驚弓之鳥，擦了擦額頭的汗問我。

「你們不懂。」我皺著眉，尋思這古墓裏面可能不止一個鬼魂。

林士學說他做夢看到一個穿大紅衣服的新娘子，按理來說，那個新娘子應該是墓主人的鬼魂。但是，如果林士學說得沒錯的話，墓主人的鬼魂應該已經被人控制了，沒法自由行動。那麼這一路上，我看到的這個影子又是誰？

憑空多了一個莫名鬼影，而且還引著我們走了這麼遠，這讓我全身一下子起了一層雞皮疙瘩，開始想到一個極為嚴重的可能性。

我記得姥爺講過一個故事，說在荒山野嶺裏，經常有一些年久失去了墳塋的孤魂野鬼。這些孤魂野鬼隨風而走，一般都是穿著一身凶服，俗稱白飄。

姥爺說白飄由於久在深山，極為孤單，特別喜歡幹的事情，就是半夜的時候，在行路人的前面走，裝作一副引路的樣子，實際上是為了把人引向歧途。

當然，一般人是看不到白飄的，所以一般來說不會受到它的影響，但是，我卻可以看到陰魂，我把那個白飄看得清清楚楚的，而且一路跟過來了。

既然我們是一路跟著白飄走來的，那麼我們走的路就應該是錯的，但是，剛才我們又清楚地看到了隱藏古墓的土山包，也就是說，我們走的路是正確的。如果白飄是故意引我們來這裏的，為什麼呢？

我心裏老大一個疑問，想要和他們說，但是又知道他們根本不懂這些事情，說了也沒用，只好抬起手電筒向前照，想要透過霧氣，再去看看那個土山包。

這麼一看之下，我發現霧氣裏隱隱透出一個黑乎乎的土山包，也就是說，我們確實沒有走錯路。

「林叔叔，你確定那個壞蛋把我姥爺抓到古墓裏去了麼？」我問道。

「嗯嗯，那個女人說的。」林士學神情有些窘迫，似乎對於那個女人還是很害怕。

「那個壞蛋很厲害，而且很狡猾，你們不要空著手，找點東西拿著。要是遇到那個壞蛋，二子，你記住，一定要想辦法把他打倒，不然的話，我們就別想出來了。那個人是個陰鬼，道法比我姥爺還厲害。」我說著，抽出尺握在手裏，準備隨時應對異常狀況。

林士學點頭道：「對，咱們不能沒武器。」他彎腰在地上找了塊石頭，又撿了根木棍，恨恨地說道：「見到他，我就砸他。」

我點了點頭，又說道：「他要是不惹我們，我們也儘量別惹他。他很厲害，很狡猾。」

「好。」林士學點點頭，強打起精神，準備繼續向前走。

「那個，我說。」二子出聲問我道，「小師父，既然古墓裏這麼危險，要不，我們別進去了好不好？」

我心裏暗笑了一下，沒吱聲，瞥了瞥林士學。

林士學一看我的眼神，臉色變得很難看，回頭向二子吼道：

「二子，你他娘說什麼？你現在軟骨頭了？你不記得當初你媽媽病了沒錢治，是我給找的醫生？我看在她老人家的面子上，帶你出來，讓你學車，給你找工作，你就是這麼報答我的？沒事吃閒飯，有事你就跑了？你他娘的是人嗎？」

「表哥，表哥，我，我錯了，我跟著還不行嘛，你，你別罵了，你放心，我走前頭，那個壞蛋要是敢出來，我一下子就把他幹掉，我可是帶著傢伙來的。」二子說著，摸摸索索地從腰裏抽出一個黑黝黝的東西，遞到我和林士學面前。

「這個，哪裡來的？」林士學一看那東西，吃了一驚，沉聲問道。

我抬頭一看，發現二子手上拿著的赫然是一把手槍。也不算是真正的手槍，而是獵槍改造的短把散彈槍，裏面的子彈是銅豌豆，每打一槍都要重新裝填子彈。扣扳機發射，「啪——」一聲，一條火條就從槍口噴出來，銅豌豆撒種子一樣打出去，一打一大片。打獵時，用這種槍打死的獵物，渾身都是洞，死得很慘。

農村裏常有這種土製獵槍，我大伯家裏就有一把，經常打著玩。他們講過，說有個人拿著獵槍打獵，看到玉米地裏有個白白圓圓的東西，以為是什麼動物呢，就給了一槍，結果那是一個在玉米地裏屙屎的人，被一槍打得屁股都開花了。這說明，這種獵槍有威力，但不是很集中，並不是很厲害。

二子嘿嘿一樂，說我這不是為了保護你嘛，擔心遇到棘手的意外情況，一直隨身帶著；要是哪天遇到練家子了，打不過，就給他一下，沒想到今天派上用場了。

林士學點點頭，表示讚許，回頭看我。我也點了點頭，讓二子把槍收起來，暗想這槍或許就能要狐狸眼的小命，於是對二子說：

「等下進去，你走在最後，不到萬不得已，你別出來。你在後面盯緊了，那個壞蛋要是想對我們下手，你就直接開槍打他，一定要往死裏打，你槍打得準不？」

「準，我在家經常打兔子！」二子神情很興奮。

我們來到了土包底部的洞口前。我瞇眼一看，就是一愣。林士學和二子也都嚇得「哎喲」一聲，差點沒掉頭就跑。

洞口大約有一人高，一米多寬，洞口長了很多茅草，堆著很多黑泥和青磚，洞口隱隱籠罩著一團黑氣。

最要緊的是，洞口中居然斜塞著一口大紅棺材！

大紅棺材的大部分都塞進洞裏去了，只剩下大頭還露在外面，剛才由於距離遠，我們並沒有看到這個東西。

「這，這是怎麼回事？」二子牙齒打戰了，「不是說墓裏沒棺材嗎，怎麼跑出來一口棺材了？」

我仔細看了一下那口棺材，覺得棺材隱隱有一種向外移動的架勢。是棺材自己從墓裏往外跑嗎？

我額頭上的汗立刻就下來了，心揪了起來。林士學更是一籌莫展，等著我說話。

我擦擦汗，強迫自己冷靜下來，好半天才平復了呼吸，再次仔細打量那口棺材，終於明白了，連忙對他們說道：「它不是要跑出來，它是想進去，卡住了！」

「小師父，你說什麼！你說這口棺材要進洞裏？」二子臉上的表情很緊張，咽了咽唾沫，結結巴巴地問道，「剛才我說它跑出來，那是開玩笑的。你不會說這棺材真的自己會跑吧？那不是活見鬼了嗎？」

「它就是要跑進去，墓裏不是沒有棺材嗎？這棺材就是想回到自己的墓裏去。這口棺材我見過。」我瞅著大紅棺材，確定認出它來了。

沒錯，這正是我在山谷裏見過的那口棺材，後來它在坑底鑽了個窟窿跑掉了。現在看來，它是跑到這裏來，想回自己的墓了。

林士學有些猶豫地上下看了看，問我道：

「小師父，既然它想進去，怎麼又卡在這裏了？這口棺材應該是那些盜墓賊偷出來的。他們既然能把它偷出來，那這個洞口就應該足夠這口棺材進去才對，這會兒怎麼進不去了？」

我心裏一陣鬱悶，心說你們真把我當神仙了，以為我什麼都知道嗎？我還只是個毛孩子，我知道個屁啊？

我心裏雖然這麼想，但是救姥爺心切，我知道自己這時必須要表現得堅定有主見，不能亂了陣腳。於是我拿著手電筒照著棺材和黑洞，左右看了看，點點頭，對他們說：

「這洞口的磚頭被動過了，所以它卡住了。」

「那現在怎麼辦？」二子的神情放鬆下來，似乎慶幸有這個棺材卡在洞口，這樣一來，我們就不用進古墓了，因為壓根兒就進不去。

我看看二子，皺了皺眉頭，古墓裏沒有他的親人，所以他當然很不想進去。我搖頭嘆了口氣，用手電筒照著棺材上方半米寬的空隙，對他們說：「從上面爬進去。」

「哎嗨，小師父，你不是說真的吧？這，這玩意兒誰敢爬啊？你想嚇死人啊？」二子立刻出聲反對。

「別說話，聽小師父的！」林士學冷喝了一聲，二子不敢再說話了。

「我先爬進去，摸摸路。等我進去了，我給你們照著亮，你們再爬進去。」我只好身先士卒了，有什麼麻煩，自己先上。

我來到棺材面前，一手拿著手電筒，一手勾住棺材蓋子，用腳一蹬棺材，整個人就趴在棺材上了。

棺材的大頭足足有一米多高，比我人還高，有些難爬，不過，我從小在農村長大，身體靈活、有力氣，所以三兩下就爬上去了。

我爬上去之後，一開始沒敢動，先用手電筒往洞裏照，發現前面的路還算暢通，沒看到什麼阻礙，這才放下心來，手腳並用，在冰涼的棺材蓋上往裏面爬。

我心裏開始感謝棺材裏的女屍，幸好她沒有在這個時候搞怪。這一個晚上，發生的事情太多了，我不是鐵打的，神經早就很緊張了。

不過，我正在慶幸時，卻猛然聽到身下的棺材中傳來一陣「咯吱吱——」的聲響。我立刻驚得全身暴起一層雞皮疙瘩，這個聲響我太熟悉了，棺材裏的女屍，必定又在用指甲抓撓棺材壁了。

她為什麼會這麼做？我心裏這個念頭一閃而過，立刻想到，現在棺材卡住了，她回不到墓裏，自然就想破棺而出，自己走進去了！

「咯吱吱，咯吱吱，咯咯咯，吱吱吱吱——」

抓撓的聲音越來越密，越來越清晰，還能聽到女人的低沉喘息聲。我頭皮一陣發麻，很擔心女屍突然把棺材蓋子撐起來，把我掀下來。

我又靜靜地趴了幾秒鐘，發現棺材蓋並沒有動，連忙快速向前爬去，膝蓋和手肘撞擊棺材蓋發出了「咕咚咚」的聲響。

說來也奇怪，「咕咚咚」的聲音響起後，棺材裏面的抓撓聲反而停了下來。

我不敢停留，伸手扒住棺材尾，一扭身滑了下去，站到地上。我立刻拿起手電筒四下照看，發現自己已經安全地站在棺材後面的洞中，而棺材依舊卡在洞口，沒有什麼動靜。

我小心地把耳朵貼到棺材壁上，去聽裏面的動靜，抓撓聲的確沒有了，這才放心，向後退了退，用手電筒對著外面晃了晃，喊道：「你們快進來！」

林士學和二子都低聲地應了一聲，我先看到林士學的腦袋出現在棺材上方，他一邊爬，一邊有些害怕地扭頭四下看看。然後他身體一躥，一下子就躥到了棺材尾，兩手先著地，到了洞裏。

林士學進來之後，我又喊了二子一聲。

「我，我說，我，我先屙泡屎，要不，你們就先進去吧，別等我了，我等下自己進去。」二子的聲音越來越遠。

我和林士學對望了一眼，立刻意識到，二子這混蛋想要逃跑。我本想罵二子兩句，但是知道罵也沒用，只好嘆了口氣，隨他去了。

林士學很氣憤，捋著袖子，對著洞口罵了幾句。

「我們先進去好了。」我抹抹額頭的汗，對林士學說著，轉身就準備往墓道裏走。

這時，洞口外面傳來了一陣尖細的笑聲。

「嘻嘻嘻嘻嘻嘻，哈哈哈哈哈──」那是一個瘋癲女人的大笑聲，讓人聽得一陣頭皮發麻。

「媽呀！」笑聲響起之後，接著遠遠傳來了二子的一聲驚呼，過了沒一會兒，就聽到雜亂的腳步聲接近了洞口。

「喂，等等我，等我，等等我。」二子啞著嗓子呼號著，「咕咚咚」就爬到棺材蓋上，手腳並用，慌亂地鑽了過來。

「我的娘咧！」二子進來之後，一屁股坐下來，一邊喘著粗氣，一邊擦著汗，雙眼發直。

「二子，你怎啦？」林士學問道。

「吊，吊死鬼，到處都是，披頭散髮的，一身白衣服，舌頭伸得這麼長，眼睛瞪得這麼大！」二子嘴唇發青，哆哆嗦嗦地說著，抬眼一看我，想到了什麼，手忙腳亂地爬過來，抓著我的手，向我磕頭道：「小師父，快快，你趕緊給我個寶貝，能辟邪驅鬼的，給我一個，我受不了了，娘的，我從來沒見過這多麼怪事！」

見到二子可憐的樣子，我心裏暗笑，心想這就是報應，我讓你想跑，現在知道厲害了吧？不過，我尋思等下還需要用他，不能讓他一直這麼喳喳呼呼的，不然很容易出事。

我把口袋裏的桃木小刀掏出來，遞給二子道：

「這個你拿著，遇到髒東西，一刀捅過去，立刻煙消雲散。」

「嗯，好好。」二子接過桃木小刀，滿臉欣喜地站起來，心理得到了很大的安慰。

見二子平靜下來了，我回頭準備繼續往裏面走。

就在我回頭的一剎那，眼角一動，再次掃過棺材上方，赫然看到一頭蓬黑的毛髮，一動一動地從洞外移進來。

我嚇得打了一個激靈，趕緊用手電筒一照，卻發現那個人頭變得模糊起來，接著，一大團白霧從外面湧了進來，瀰漫了墓道。霧氣凝重起來，手電筒只能照出不到兩尺的昏黃光線，而且電量有些不足了，越來越暗。

林士學和二子都擠在我身邊。「我說，小師父，你，幹什麼？」二子忍不住問道。

「都別動，看腳下！」

這時我聽到地面傳來喊喊喳喳的細碎聲響，連忙拿手電筒往地上照去。

「我操，這是什麼？這麼噁心！」

順著光線，二子低頭一看地面，嚇得一下子向後跳出老遠。林士學也悶哼一聲，向後急速退去，滿面驚駭。我沒有動，一手拿著手電筒，一手抽出尺。

在離我腳下不遠的牆角，不知道什麼時候，出現了一大團白花花的肉疙瘩。那些肉疙瘩擁擠在一起，每一個都有蘑菇那麼大，鼓鼓囊囊的，嘰嘰喳喳地響著。

由於霧氣濃，我沒看清楚那些肉疙瘩到底是什麼，就又向前走近一步，伸出手裏的尺向那些肉疙瘩捅過去。

就在我尺剛伸出去的時候，那些肉疙瘩突然一齊劇烈顫抖起來，接著，每一個肉疙瘩上都睜開了一隻眼睛，那些眼睛黑乎乎的，「咕嚕嚕」轉著。那些眼睛都在看著我，或者說都在看著我手裏的尺，它們對這把尺似乎很忌憚。

我大著膽子，尺向前又伸出了一點，一下子捅到了其中一個肉疙瘩上。那個肉疙瘩被捅中之後，立刻發出一聲戰慄的尖叫，隨即變成了一灘黑臭的水。

餘下的肉疙瘩也尖叫起來，一下四散開來，倉皇地沿著牆壁爬動，每一個肉疙瘩都伸出十幾隻白色的爪子，緊緊抓著牆壁，「簌簌簌」四下爬動著，如同蜘蛛一般，登時遍佈了墓道牆壁。

我們四周的牆壁和地面上，滿是一個個肉肉的獨眼白球，「咕嘟嘟」怪響著，讓人看了一陣陣慌亂噁心。

「這，這都是些什麼玩意兒？」二子撿起一塊石頭，猛地向其中一個肉球一拍，「啪」一聲，炸得黑汁亂迸。

「戛——」其他肉球又一齊尖叫起來，黑眼珠突然一扭，從下面轉上來一張嘴巴，一齊向二子吐出一股股惡臭的黑水。

「去你媽！」二子來不及躲避，抬手一擋，衣服上被噴了一層黑水。那些黑水落到他身上，立時變成了一塊塊黏黏的黑皮，包裹在身上。

「快，跟我來，這些是壁牆鬼蜘蛛，牠們吐的黑水有毒！」這時，我想起了姥爺給我講過的壁牆鬼的故事。他說壁牆鬼其實不是鬼，而是生長在古墓裏的鬼蜘蛛，喜歡群居，個頭兒很大，吐出的黑水化成黑皮，能把活人包起來吃掉。

二子罵罵咧咧的，一邊用手亂扯身上的黑皮，一邊跟著跑了上來。

那些壁牆鬼沿著四壁追了我們一段距離之後，突然向後撤了，不再追了，似乎前方的墓道裏有什麼牠們極為忌憚的東西。

我停下來喘了口氣，四下照了照，發現我們已經快到這條墓道的盡頭了，再往前就要進入墓室了。

我就問林士學，墓室裏是什麼情況。林士學說墓室很小，是一個陪葬的耳室，並不是主墓室，裏面放的是鎮墓獸和陪葬品，牆壁上有壁畫。

「現在裏面的陪葬品都搬空了，只剩下一個直接從岩壁上雕刻出來的山魈鎮墓獸。」林士學說，「不過，我們要小心那個壞人躲在暗處偷襲我們。小師父，要不，還是我打頭走吧。」

我點點頭，把手電筒遞給林士學。我其實也是想讓二子多出點力，我知道他會保護林士學的，如果林士學在前面走，二子也會上心一點。

果然，二子變得機警多了，一手按著腰裏的獵槍，一手抓著一塊斷磚，很負責地護在林士學身後。我走在最後，一邊四下看著，一邊緊跟著他們。

我本能地意識到，前面的墓室裏，可能當初那些考古專家進來的時候沒有什麼怪東西，但是現在，肯定有一些不尋常的東西，不然的話，那些壁牆鬼不會這麼驚恐地後退。

墓道的四壁，有的是磚砌的牆壁，有的是濕漉漉的淤泥，淤泥裏還有許多樹根，看上去像是蛇的尾巴，有的滴著水。我走了幾步，一滴涼水就滴到了我的脖子裏，我一驚，伸手摸了一把，發現沒有什麼不適，這才繼續往前走。

這時候，林士學和二子已經走進了墓室，正站在墓室裏向我招手。我捏緊了手裏的尺，也走了進去。

墓室是長方形的，很狹小。墓室另外一側是一扇小石門，通向另一條墓道。小石門早就被打開了，這會兒半掩著。

墓室牆上有斑駁的壁畫，大多已經脫落了，看不清楚畫的是什麼。墓室最裏頭岩壁上，雕刻了一頭猙獰粗獷的山魈鎮墓獸。

那個鎮墓獸面目猙獰，栩栩如生，雙爪按地，躍然欲起，正對著石頭小門，要是盜墓的人從小門進到這個小耳室裏，猛抬頭看到這個鎮墓獸，還真要被嚇一跳。

我看到鎮墓獸的上方，很突兀地雕了一隻比拳頭還大的眼睛。那隻眼睛塗著紅色的瞳孔，綠色的眼眸，雖然年月已久，但是顏色依舊鮮豔，眼睛迥然有神。

我盯著那隻眼睛看了一會兒，覺得那應該是一個女人的眼睛，因為眼睛的睫毛很清晰，很長，眼角的線條很細膩。我就問他們，為什麼這山魈的頭上單獨雕刻了一隻女人的眼睛？

二子撇嘴道：「還能為什麼？為了嚇人唄。他們是不想這裏面的寶貝被人搶走，就搞這些神神鬼鬼的東西嚇人。其實，這壓根兒就沒有用，奶奶的，那些盜墓賊敢進來偷寶貝，還會怕這個？扯吧？」

林士學皺著眉想了一下，又仔細看了看那隻眼睛，若有所思道：

「這可能是一種圖騰崇拜吧。幸好小師父你提醒，要不然我還真沒注意到這隻眼睛，雕得還真是很傳神。這不是單純為了嚇人才做的，它出現在這裏，肯定有其他原因。」

林士學雙手抱在胸前，抬頭專注地盯著那隻眼睛，邊看邊點頭。

這時，我忽然感覺背後吹來一陣毛毛的冷風，還以為是從背後的石門裏吹出來的，下意識地回頭一看，就悶哼一聲，向後退了一步。

鬼臉蜈蚣

「這，這又是什麼玩意兒?!」
我們腳下的地面上，竟然爬滿了密密麻麻的蜈蚣！
這些蜈蚣每一隻都足有一尺長，渾身紅呼呼的，
肢節中央有一個黑白相間的鬼臉。
「鬼臉蜈蚣！」我乍一看到就認出了牠們。

我看到半開著的石門裏閃過一張人臉。那是一張女人的臉，披頭散髮的，似乎還帶著淡笑，微微張著嘴，向我們所在的耳室裏看著，好像在觀察我們。

女人見到我回頭，向一側躲了一下，接著又悠悠地飄了回來，這次距離石門有些距離了，她躲在石門後面，就那麼飄飄蕩蕩地看著我們。

我想那可能是一個陰魂，見到有生人進來很好奇，所以才在那裏偷看我們。我聽姥爺說過，這種陰魂在地下待的時間太久了，很孤獨寂寞，好奇心很重，遇到生人就會靠近。它們只是湊湊熱鬧，並沒有惡意，這種陰魂是沒有什麼意識的，是人死之後的一種意象殘留。

我心裏很快鎮定了下來，知道那個東西雖然陰氣很重，但是對我們沒有什麼威脅，就沒把它當回事，不再去看了。

我放鬆了心情，回身準備和林士學說話，卻發現林士學此時全身篩糠一般發抖，他面朝著石門站著，兩眼直直地看著石門的空隙，臉色鐵青，額頭上冒起了一層汗珠。

我立刻明白林士學應該也看到了，連忙一拉三子，對他說道：「快，注意你表哥，他看到髒東西了！」

「啥？又看到髒東西了？你們都是神人啊，奶奶的，怎就老子看不到呢？難道鬼也欺負人？就不讓我看？」二子嘟嘟囔囔地走上前，一拍林士學的肩膀，問道：「嗨，我說表哥，你幹啥呢？」

「啊。」林士學被二子拍得全身一抖，非常機械地轉過身，伸出手指悄悄地指向石門方向，低聲問道：

「你們，你們看到沒有？那道石門後面好像有個人。」

我對他點點道：「沒事的，姥爺說過，這只是一種無意識的陰魂，不傷人的，我們幹我們的事情就行了。」

林士學半信半疑地問我：「真的嗎？」

「廢話！」我被林士學問得有些惱火，很不屑地說道，「我早就看到了，她一路把我們領進來的，幫了我們不少忙呢。你不用害怕，你身上被我灑了童子尿，陽氣足著呢，沒有什麼東西敢碰你，除非是活人。」

林士學這才放鬆下來，擦了擦汗，緩和了一下心情，嗅嗅自己身上，低聲嘟囔道：「我說我身上怎麼有一股子騷味呢。」

我和二子對望了一眼，都有些幸災樂禍。

林士學由於看到了那個白飄，不敢再在前面帶路。這時二子反而膽子大了起來，一把拿過手電筒，大步向石門走過去，振振有詞地說：

「我來帶路吧，嘿嘿，你們都能看到那些玩意兒，老子看不到。既然看不到，估計他們也不敢上我的身，老子一把桃木刀就單挑它們一大片！」

二子的話，使得原本緊張的氣氛變得輕鬆了不少，我對著他豎了豎大拇指。林士學猶豫了一下，也跟了上去。

二子走到石門邊，粗魯地一腳把門踹了個大開，走進去四下照了照，嘿嘿笑道：「看看，這裏面有啥？空蕩蕩的，有什麼好怕的？」

我走過去一看，果然只是一條空蕩的地道，那個白飄不見蹤影了。

我忍不住撇嘴道：

「這就叫鬼也怕惡人，二子，你這氣勢，就把它們都嚇跑了。我看你陽氣挺足的，那些髒東西不敢把你怎麼樣。」

石門後面的這條甬道，是從山石中鑿開的，不是很寬敞，而且很短。我們很快就來到另一道石門前。

這道石門比剛才那個大，也厚得多，已經完全打開了，露出了門後黑洞洞的空間。

「從這兒出去就是主墓道了。」林士學咂咂嘴道，「我進來的時候，也就走到了這兒，再進去就不知道是什麼樣子了。小師父，你說你姥爺真的在裏面麼？」

我一聽林士學的話，氣不打一處來，就反問他：「你不是說是那個女人在夢裏告訴你的麼？」

「啊，對，對啊。」林士學忽然全身一激靈，結結巴巴地應了我一句，兩眼直勾勾地看著石門後面黑洞洞的空間，很艱難地說：

「她，她，就在裏面，我，我看到了！」

「咦？」我一愣，裏面一看，就是一條寬大的石道，壓根兒沒有其他東西，我是陰陽眼，不可能看錯啊。

林士學的表情讓我非常疑惑，他接下來的行動讓我更是納悶。林士學竟然忽然勾著頭，彷彿脖子被人拽住了一般，踉蹌著步子衝進了石門後面的通道裏，然後又向前猛跑，徑直向石門對面的石壁上撞過去。

我心說：你又怎麼了？這一路上就你狀況最多。我心裏還沒有抱怨完，林士學已經撞到了岩壁上，拿腦袋往上磕，磕得咚咚響，沒幾下腦門就流血了。

「哎，哎，表哥，你幹什麼？尋死啊？你幹嘛想不開啊？」

二子說了一大堆廢話，愣是沒有上去拉林士學一把，倒像是很想看到林士學一頭撞死。

「你再不上去拉他一把，他就真的撞死了。你以為他尋死嗎？他比鬼都怕死。

他這是撞邪了！」我沒好氣地對二子說道。

「童子尿撒了一身還撞邪。」二子一邊絮絮叨叨地廢話，一邊上前把林士學抓著膀子拉了回來。

「嗚嗚嗚——嗚嗚嗚——嘻嘻嘻嘻——」

林士學臉色鐵青，緊咬著牙齒，憋著氣，雙手掐著自己的脖子，像是為了掰開別人掐住自己脖子的手，又好像是在自己掐自己。

二子看著林士學的怪樣子，一邊把林士學按住，把他的手掰下來，一邊問我道：

「小師父，我說你不是說給他塑了金身了嗎？怎麼還這個德性？你的童子尿到底行不行啊？」

其實，我此時也被林士學的情況弄暈頭了。我敢保證林士學現在在鬼魂眼裏，已經是全身金光閃閃、騷氣沖天了，那些鬼魂躲他還來不及，怎麼還敢上來搞他呢？他現在怎麼突然出現這麼瘋癲的行為呢？難道他有羊癲瘋，正好發作了？

我實在想不出這到底是什麼情況，只好對二子說：「先把他捆起來吧，你有繩子麼？」

「有啊，帶著呢，不行，用他的褲帶也行。」二子說著，真的去扯林士學的褲帶，有些不屑地哧聲道：「嘿，還看那個眼睛傳神嗎，現在倒好，真傳神了。」

我聽到二子的話，知道他在挖苦林士學，隨即眼睛一亮，一拍手道：

「我知道了！」

「你知道啥了？想嚇死人啊？」二子抬頭問道。

「我知道他為什麼突然發瘋了。」

我拿起手電筒，在墓道裏四下照著，果然找到了一個和剛才在耳室裏見過的差不多的鎮墓獸浮雕。不同之處是，這次看到的鎮墓獸浮雕，不是突出在石壁外面的，而是凹陷在石壁裏面的，鎮墓獸的頭上也有一隻眼睛，那隻眼睛的顏色，正好和耳室裏的那隻相反。

「就是這隻眼睛，這是陰陽鬼眼，我聽姥爺講過，這玩意兒被道行高的人施過法，如果不知道情況的話，盯著它看的時間稍微長一點，就會出現幻覺，最後發瘋。」我說著，用手電筒又照了照那隻浮雕眼睛。

「剛才他看的是陽眼，看完之後，就已經出現幻覺了，我還以為他也看到了白飄，其實他只是湊巧出現了和我看到的東西一樣的幻覺。你表哥是看不到那些髒東西的，他只能在夢裏夢到。」

「嘿，你這麼一說，倒是挺有道理的。按照你的說法，我也應該看不到啊，那我在洞口的時候，怎麼看到那些吊死鬼了？」二子有些疑惑地問我。

「那是因為你心裏有鬼！」聽二子提起這件事，我氣就不打一處來，心說你還好意思說，你怎沒給吊死鬼勾去呢？

二子臉有些發紅，訕笑了一下，問我道：「那，那現在要怎麼辦？」

「馬上就能解除，陰陽相剋，他既然看了陽眼出現了幻覺，你把他扶過來，讓他看看陰眼，就能恢復了。這種陰陽眼是用來對付盜墓賊的，那些盜墓賊看了這些陰陽眼，就會神志不清。但是墓主人為了防止埋葬自己的人也中招，就設了陰陽眼，不至於害人害己，遺禍子孫。」

我拿手電筒照著那隻陰眼，讓二子把林士學扶過來，對著陰眼看。

「嘿，厲害，小師父，你真是奇人啊，啥都知道，我真服了你了，以後我要是去挖墳，我就找你一起去。」

我暗笑了一下，心說：盜墓是膽大的人幹的事情，就你那膽量，也敢去？別吹了吧。

二子不知道我心裏在想什麼，他一邊扶著林士學去看那隻陰眼，一邊嘿聲笑問我道：「我要是看了這隻眼睛，是不是也會瘋掉？」

「會。」我點頭說。

「那我就不看了。」二子又問道，「小師父，你也看了，怎麼沒事？」

「那些髒東西我本來就看得到，我怕什麼？」我很得意地說道。

「真牛！」二子對我豎了豎大拇指，恭維我道，「小師父，你真的是太神了。」

「真正神的是我姥爺。」我沒有被二子的糖衣炮彈打敗，很謙虛地說著，又拿手電筒往墓道兩頭照了照，想看看主墓室。

林士學說狐狸眼把姥爺帶到古墓裏了，但是，剛才我們發現那口棺材卡在洞口，所以還真不知道狐狸眼到底有沒有進到這個古墓裏來。而且，這個古墓似乎並不是很大，基本上，在外面說話，最裏面都能聽到聲音。但是，我們進來之後，發生了一連串事情，墓道深處卻一點回音都沒有，好像完全沒有人，這讓我開始懷疑林士學先前的說法。

主墓道大概有五六十米長，很寬闊，跑馬車都沒問題。墓道的兩頭都是石門，一頭的石門洞開著，黑乎乎的像一張怪獸的大嘴巴，另外一頭的石門關著，門後還放著抵門石。

我立刻明白了，那壓著抵門石的石門，應該就是墓道的真正入口，而主墓室應該就在那個黑乎乎的大嘴巴後面。

「好了沒？好了我們就往這邊走。」我看清情況後問二子。

二子拍了拍林士學的臉，喊道：「喂喂，表哥，醒醒，還能認得我不？」

林士學慢慢地醒了過來，然後一驚，坐直了起來，問我們道：

「怎了？我這是怎了？」

「怎了？你看那隻眼睛不是很傳神嗎？所以你就被它傳了神了。嘿嘿，我說表哥，以後您啊，還是別到處亂看了。」二子趁機挖苦了他一番。

「哦，是這樣麼？」林士學疑惑地看看我。我點了點頭，告訴了他是怎麼回事。

我用手電筒照著墓道一頭開著的石門，對他們說：

「那邊應該就是主墓室了，我們進去看看，姥爺可能就在裏面，那個壞人可能也在。咱們要小心一點。」

林士學點了點頭，沒有說話，就站著等我安排。

我看了看人高馬大的二子和神經兮兮的林士學，心裏一陣無奈。我可是孩子，這兩個大人把我當老大了，我的壓力能不大麼？不過，為了救姥爺，我也只好強打精神，裝出一副小神仙的深不可測的樣子，安撫住他們。

如果狐狸眼在這個古墓裏的話，他很有可能就在主墓室裏，最多也就是躲在陪葬的耳室裏。如果還是找不到他，那他肯定就不在古墓裏了。

進入主墓室之前，林士學摸了一塊石頭握在手裏，二子也拿了塊石頭，同時按緊了獵槍。我一手拿著手電筒，一手捏著尺。

來到主墓室門口，我先用手電筒向裏面照了照，裏面空蕩蕩的，兩邊各有一扇小石門，墓室中間有一張長約兩米的高背躺椅。那張躺椅面朝裏放著，不知道上面有沒有東西。我向林士學和二子招了招手，帶著他們躡手躡腳地走了進去。

我們進到主墓室裏，警覺地四下看看。兩邊的石門後面只有一個凹陷的石洞，不到兩米深，一目了然。見到沒有什麼異常情況，我們這才放下心來。

「看來不在這裏。」二子對我和林士學說道，心情頓時很放鬆，他收了獵槍，丟了石頭，一屁股坐到長椅上，點起一根菸，很悠閒地抽了起來。

「現在怎麼辦？」二子的菸頭紅光一閃一閃的，問道。

我沒說話，抬頭看看林士學，發現他一直皺著眉頭四下看著，似乎覺得哪裡不對頭。

「怎麼了？」我問道。

「我夢裏看到的就是這個地方，但是，是在這個墓室的後面，這後面還有地方。」林士學走到墓室的後牆壁前，皺眉看著牆壁，一臉若有所思。

墓室的後牆壁上，雕刻著一隻山魈鎮墓獸，面目猙獰，山魈的頭頂上也有一隻眼睛。

二子連忙喊道：「表哥，小心點，別看那隻眼睛，等下又要傳神了。」

林士學知道二子在挖苦他，沒說話，低頭沿著牆壁查看，似乎在尋找機關。

我知道林士學這麼做肯定有原因，就把手電筒放到長椅的邊角上，讓燈光照著牆壁，自己也走上去幫他查找起來。

我伸手沿著石壁摸了一會兒，忽然摸到一塊凸起的石頭，那塊石頭似乎能活動，我抓住石頭，用力扭了一下。

這時，墓室後面整個石壁劇烈震動起來，接著煙塵滾滾，開始塌陷下來。

「小心，快走開！」林士學一彎腰，把我抱起來向後撤去，躲開了那堵坍塌的石壁。

「沒事吧？」二子這時也上來關切地問道。

「沒事，看看那後面是什麼？」我拍拍身上的灰塵，示意林士學把我放下來。

林士學剛剛把我放下來，我們身後忽然燈光一閃，一聲清脆的噹啷聲傳來。

我們回頭一看，才發現那個放在長椅上的手電筒因為石壁坍塌的震動，滾到了地上，磕碎了玻璃罩子，閃了兩下，光線就滅了，整個墓室陷入一片黑暗。我們唯一能看見的，就是二子手指上夾著的紅菸頭。

「娘的，真他奶奶的倒楣。」二子壯著膽子罵了一聲，掏出火柴，劃亮了一根。

火柴點亮後，二子彎腰去把手電筒撿回來，想看看還能不能用。背後坍塌的岩壁方向忽然呼啦啦刮來一陣陰風，把火柴給吹滅了。

「你娘的！」覺察到那股風的怪異，二子嚇得一激靈，立馬又掏出火柴，但是由於太緊張了，手心出汗又哆嗦，擦了好幾下都沒有擦著。

這時，我隱隱聽到地面上傳來一陣簌簌的細微聲響，緊接著，林士學「哎喲」一聲大叫，跳起老高，大喊道：

「二子，快點火，有東西咬人！」

「點不著啊，娘的！」二子這時候也急得不行，把火柴頭抵到菸頭上，這才「刺啦」一聲點著了火柴。

火柴一亮，又被陰風吹得搖曳不止，差點又滅了。二子連忙用手擋著風，舉起火柴。

我們都定睛向身後看去，這麼一看，立刻驚得瞪大了眼睛。我甚至懷疑自己看到的到底是不是真實的場景。

石壁坍塌之後，露出了石壁後面的隱藏墓室。那個墓室似乎很深，看不到盡頭，而且似乎壓根兒就是一個天然洞穴。洞穴裏的地面不平，到處都是碎石。

在那些碎石中間，人為地開出了一條小道，小道兩邊，每隔兩三米，就豎著一個一米多高的紙紮白衣小人。墓室頂上垂下了無數根黑繩子，每一根繩子上也都吊著一個紙紮小人。

「嘁嘁喳喳，呼呼喀喀——」隱藏墓室裏陰風一吹，這些紙紮的小人在風中搖晃著，看起來活脫脫是一個送葬隊伍，如果說不嚇人，那就只能是用來嚇鬼的了。

「他奶奶的，這，這都是什麼玩意兒？」二子深吸了一口氣。

「別看那個了，看地上！」林士學驚叫道。

我們往地上一看，立刻又大吃一驚。

「媽的，這，這又是什麼玩意兒？」

我們腳下的地面上，竟然爬滿了密密麻麻的蜈蚣！這些蜈蚣每一隻都足有一尺長，渾身紅呼呼的，肢節中央有一個黑白相間的鬼臉。

「鬼臉蜈蚣！」我乍一看到就認出了牠們，趕緊用手裏的尺四下掃切，對林士學和二子大喊道：

「都跳起來，蹦起來，別停下來，別被咬到，咬到就會全身爛掉！」

但是，聽到我的話，林士學和二子卻一點動作都沒有，而且出奇安靜地直愣愣看向我的背後。

我看到他們的樣子，很疑惑地向背後一轉臉，先撞到了一團白布，接著抬頭一看，赫然發現一具女屍，就這麼直直地吊在半空中，墜在我的頭上。

女屍穿著一身大白凶服，凶服下垂遮住了她的兩腿，我這麼猛一轉身一撞，整張臉就貼到了女屍的小腿位置上。我的臉上感觸到凶服的布料材質，同時也感觸到了布料下面柔軟蓬鬆的一團。

我本能地驚叫一聲，向後跳了一步。然後我再次抬頭，從下往上看向那具女屍，就感到頭皮發麻，莫名窒息，又連續地向後退去。

那其實已經不能算是一具女屍了。她被一根從岩壁頂上墜下來的黑色麻繩勒住了脖頸，頭上披散著蓬蓬的黑色長髮，如同冬日裏的枯敗茅草，直撅撅的，勉強蓋住了腦袋。如果立在距離她較遠的地方，其實是看不到臉的，因為臉已經被頭髮遮住了。

但是，我正好站在她的腳下，幾乎是垂直向上仰視，於是視線正好透過她的頭髮，看到那張讓我頭皮發麻的臉孔。

那並不是女人臉，也不是骷髏頭，甚至沒有任何皮肉，也看不到筋骨，我看到的只是一團隱隱在蠕動和顫抖著的黑白相間的鬼臉。那一片片白花花的指甲大的鬼臉，此刻在我的腳下遍地都是，那是鬼臉蜈蚣後背上的斑紋！

我立刻想到剛才臉龐貼到女屍的凶服上，感受到布料下那團蓬鬆柔軟的觸覺，我想到了一個極為驚駭的事情。

這具女屍吊在這裏，顯然是給古墓的主人陪葬的，按理來說，屍體吊掛了這麼久，早就腐朽得連骨頭都碎成粉末了，根本就不可能出現在這裏。

它之所以會出現在這裏，那只能是因為，這根本就不是女屍，而是和石壁後面的紙人一樣的東西。只是這吊著的紙人更加符合活人的比例，而且還加了假髮，讓這個東西從遠處看時，就像一具屍體。

這個紙人最初被掛在這裏的時候，肯定是在肚子裏和頭部都填滿了鬼臉蜈蚣愛吃的食餌，所以，那些鬼臉蜈蚣就把這個紙人當成了牠們的窩，在裏面一代代繁殖，一直沒有離開。

這些鬼臉蜈蚣，是所有毒蟲中最詭異的一種，牠們可以在不吃不喝的狀態下休眠上千年，仍能遇水而活，遇風而動。

人被鬼臉蜈蚣咬了之後，不會立即死掉，而是會昏迷不醒，鬼臉蜈蚣藉以擒獲一個鮮活的獵物。鬼臉蜈蚣會先咬破獵物的皮膚，找尋血管，將鮮血吸出來，用來餵養剛剛孵化的小蜈蚣，而那些成年蜈蚣則從外圍開始慢慢啃噬獵物的皮肉。在食物短缺的時候，鬼臉蜈蚣甚至可以分泌消化液，將獵物的骨頭都溶解成富含營養的汁液，其生存能力簡直讓人驚嘆又膽寒。

我小時候，就聽姥爺給我講過一些盜墓故事，姥爺對鬼臉蜈蚣的介紹很詳細，他說這種蜈蚣原本產在西域，是很罕見的品種，後來被引入墓穴中豢養，是因為牠那恐怖的生存能力、強大的繁殖能力、厲害的毒性，和那讓人看一眼就全身發毛的恐怖尺寸！

「乾屍吊餌。」我後退了幾步，下意識地說出了吊著的紙人的名稱，眼睛死死盯著女屍的凶服。

果然，沒過幾秒鐘，由於凶服早已腐朽，被我一撞之後，「刺啦」一聲輕響，裂開了幾條大口子，被陰風一吹，同灰塵一般簌簌簌的碎裂飄飛，從女屍身上脫落下來，凶服下面的東西就完全暴露出來了。

這個時候，二子的火柴還沒有滅掉，他們自然也一齊死死地盯著女屍。

「啊——」我首先大叫一聲。

「啊呀——」

「嗚啊——」

二子和林士學也發出了淒厲的大喊，接著兩個人幾乎是同時一躍而起，丟掉了手裏的火柴和石塊，摸著黑，連滾帶爬地向墓室的主墓道逃了過去。

他們的這種反應，並沒有什麼好丟臉的，因為任何正常人看到那樣的情景，都會像他們一樣驚恐而逃的。

那個時候，我也很想逃，非常非常想逃，只是我已經嚇呆了，全身僵硬麻木，失去了知覺和行動能力，只能僵直機械地站著，一點兒也動不了。

二子的火柴一滅，我的眼前一黑，但是我的腦海裏揮之不去的，都是剛才看到的可怕場景。

我看到了一具完整豐滿的女屍，有腿、有身體、有胳膊、有頭顱，只是，這都是由那些不停蠕動鑽騰著的背上長著鬼臉的蜈蚣組成的。

女屍全身都是黑壓壓的成團蜈蚣，互相纏縛著，嘁嘁喳喳響著。蜈蚣攢動的時候，背上白花花的鬼臉跟著動，於是我除了看到密密麻麻的蜈蚣之外，也看到一具屍體全身鬼臉斑斑。

我不知道該怎樣形容這種感覺，所以，林士學和二子逃跑，我覺得他們情有可原，甚至很贊成他們的想法。我唯一感到鬱悶的是，我沒能逃跑，被鬼臉蜈蚣團團包圍起來了。

請續看《我抓鬼的日子》之二 校園魅影

我抓鬼的日子 之一 青燈鬼話

作者：君子無醉
發行人：陳曉林
出版所：風雲時代出版股份有限公司
地址：105台北市民生東路五段178號7樓之3
風雲書網：http://www.eastbooks.com.tw
官方部落格：http://eastbooks.pixnet.net/blog
Facebook：http://www.facebook.com/h7560949
信箱：h7560949@ms15.hinet.net
郵撥帳號：12043291
服務專線：(02)27560949
傳真專線：(02)27653799
執行主編：朱墨菲
美術編輯：許惠芳

法律顧問：永然法律事務所 李永然律師
北辰著作權事務所 蕭雄淋律師

版權授權：蔡雷平
初版日期：2014年12月
初版二刷：2014年12月20日
ISBN：978-986-352-063-4

總 經 銷：成信文化事業股份有限公司
地　　址：新北市新店區中正路四維巷二弄2號4樓
電　　話：(02)2219-2080

行政院新聞局局版台業字第3595號 營利事業統一編號22759935

定價：280元　特價：199元

國家圖書館出版品預行編目資料

我抓鬼的日子／君子無醉 著. -- 初版-- 臺北市：風雲時代，
2014.6 -- 冊；公分

ISBN 978-986-352-063-4（第1冊；平裝）

857.7　　103013689